Tatsuya Yamada
山田タツヤ
35歳独身山田、異世界村に
理想のハウス《セカンド》を作りたい
A life that combines the best parts of another world and reality
～異世界と現実のいいとこどりライフ～
「こいつ、おっさんのくせにとんでもない魔力を持ってるにゃ……」
「すごい魔力ですね……」
Ruri
ルリ
Miriam
ミリアム

山田の肥料で、村は大助かり！
「このモニカ、必ずやタツヤ様のお役に立ってみせます」
Monica-Arnett
モニカ・アーネット

「かっこいいとは思うし、
守ってくれたことに
感謝もするが、
私の獲物を取るな」
Kyoka Tachibana
橘キョウカ

北海道に転移した山田は
新鮮なカニを手に入れ――

35歳独身山田、異世界村に理想のセカンドハウスを作りたい

A life that combines the best parts of another world and reality

～異世界と現実のいいとこどりライフ～

著 出雲大吉

画 ゆのひと

口絵・本文イラスト
ゆのひと

装丁
大野虹太郎（ragtime）

目次

Contents

第一章　係長、祖父さんの家をもらう　005

第二章　新たなる生活　093

第三章　リンゴで儲けよう！　173

第四章　悪魔　282

あとがき　335

第一章　係長、祖父《じい》さんの家をもらう

祖父さんが死んだ。街中で急に倒れ、救急車を呼ばれたらしいのだが、その日のうちにぽっくり逝ってしまった。俺はその日、仕事の打ち合わせがあったため、祖父さんが死んだという報《しら》せを聞いたのは夕方だった。祖父さんは唯一の肉親だったため、その後は葬儀や後始末に追われ、悲しみを感じることもできなかった。そして、悲しみたいのにあっという間に忌引き休暇が終わり、仕事に勤《いそ》しんでいた。

「係長、ちょっといいですか？」

「山田《やまだ》君、ちょっと……」

部下からの質問と課長からの催促が飛んでくる。俺はこの会社の係長だ。三十五歳でこの役職に就けたが、この出世が早いのか遅いのかはわからない。だが、正直、後悔している。最初は出世だし、役職手当も付くから嬉《うれ》しかったが、いざ仕事をしてみると、部下と上司の板挟みで心が痛い。しかも、そんな部下と上司の調整をしつつ、自分の仕事もしないといけないのだからはっきりいって、役職手当の一万円は割に合わなすぎる。

「ハァ……一人か……もう何もかも辞めて田舎《いなか》で釣りでもしつつ、スローライフとかしたいなー……」

休んだ穴埋めのために今日も残業をし、昼間は何度も呼び出してくる課長の小言に耐え、夜は残業しながら部下の愚痴を聞いた。

疲れる……がむしゃらに働いた二十代は何も考えていなかった。体力も気力も十分だったし、漠然とどうにかなるだろうと思っていたからだ。しかし、三十代になると現実が見えてくる。身体《からだ》の不調を少しずつ感じるようになり、老いていく感覚が始まった。係長になったとはいえ、給料がそこまで上がったのかというとまったくだ。金もないし、最近は楽しいと思えることも減ってきた。今日も働き、明日も働く。土日は家のことや疲れた身体を休めることで終わってしまう。趣味の釣りをしたいが、そんな体力も気力も残っていない。俺の人生はこれでいいのだろうかと思わないでもない。だが、最近は何もやる気が起きないのだ。もしかしたら嫁や子供がいたら違うのかもしれない。でも、嫁や子供どころか彼女もいない俺には何も関係のないことだ。

祖父さんが死に、家族がいなくなったことで急に孤独を感じ、そんなネガティブなことを思いつつ、帰路についた。そして、家に着くと、換気扇の下でタバコを吸う。

「禁煙しようかなー……」

俺ももう三十代の半ば。健康に気を付けないといけない年齢だし、部下の若い子達から臭いと思われたくはない。そう思いながら紫煙を吐くと、ワンルームの部屋を見た。部屋はお世辞にも綺麗《きれい》とは言えないし、狭い。電灯をつけているのだが、何故《なぜ》か暗く感じる。

「明日、祖父さんの家に行くか……」

祖父さんの家は平屋の3LDKだが、都内にあるから売れば高い。とはいえ、思い出の場所である家を売る気にはなれなかったのでそこに引っ越すことにしたのだ。

「一人か……まあ、仕方がない。いっそ猫でも飼うか……」

そんなことを思いつつもこの日は早めに就寝した。そして翌日は、祖父さんの家で遺品整理をすることにした。

「結構、物があるな……でも、家電も家具も何もかも俺の家にある物より良い物だ」

祖父さんの家に来て、部屋を見て回っているが、良い暮らしをしていたみたいだ。これならむしろアパートにある俺の物を処分した方が良いかもしれない。

「しかし、なんでこんなに金があるのかね？」

こんなところに家を建て、良い暮らしをしているし、かなり稼いでいたようだ。だが、祖父さんがどこかで働いているなんて聞いたことないし、見たこともない。大学に行くまでここに住んでいたが、祖父さんも祖母《ばあ》さんもいつも家にいた。

「宝くじかなんかでも当たったのか、それとも在宅勤務だったか……」

真相はわからない。その後も部屋や家具を見ながら現在の自宅の物と見比べ、家具の取捨選択をしていく。そして、ある程度見終えると、キッチンの換気扇下でタバコを吸うことにした。

「こんなもんか……これでドロップアウトして田舎でスローライフはできなくなったが、こんな良い家に住ませてもらってそれを願うのは贅沢《ぜいたく》ってもんだ」

大体の部屋は回ったし、引っ越しの計画は立てた。ほぼこの家の物を使う感じで今のアパートにある物はほぼ処分だ。

「あ……」

タバコに火を点《つ》けたところでとある部屋に入っていないことに気が付いた。

「あの部屋はどうなっているんだろう？」

この家には開かずの間がある。というか、祖父さんの書斎だ。祖父さんは俺を可愛《かわい》がってくれたし、祖母ちゃんに内緒でお小遣いをくれるような優しい人だった。俺が就職した際には喜んでくれて、お祝いにかなり高そうなスーツを買ってくれたし、大事にされてきたと思う。そんな祖父さんは俺に対してほぼ怒ったことがない。だが、唯一、怒ったことがあり、それがあの部屋に入ろうとした時だった。その時のことはよく覚えている。

「さすがにもう怒らないだろ」

タバコを消し、化けて出るなよと思いながら一人では広いなと感じるリビングを出る。そして、廊下を歩き、奥にある部屋の前に立った。

「鍵《かぎ》がかかっているんだよな……」

昔、何度もここに入ろうとしたが、結局は入れなかった。そういったことを思い出しながらドアノブを握り、少しだけ引く。すると、わずかに扉が開いた。

「あれ？　いや、そりゃそうか……」

祖父さんはもういないんだったなと思いながらドアノブを引く。すると、ぎーっという音を立てて、扉が開いた。

「え？」

扉の先は六畳程度の倉庫だった。だが、そこには老人が立っていた。

「おう、タツヤ。元気じゃったか？」

その老人は死んだ祖父さんだった……

「マジで化けて出たー⁉　南無阿弥陀仏《なむあみだぶつ》、南無阿弥陀仏！」

そんなにもこの部屋に入ってほしくなかったのか⁉

「いや、幽霊じゃないわい」

祖父さんが笑いながら手を顔の前で振る。

「は？　これは夢か？」

マジで祖父さんだぞ。姿も声も祖父さんだ。唯一、変なところは謎の白いローブを着ていることだけ。

「夢ではないのう。儂《わし》は残留思念みたいなものじゃ」

残留思念？

「何それ？　祖父さん、生きてるのか？」

「いや、死んどる。お前が葬式をしてくれたんじゃないのか？」

「した……それどころか祖父さんの骨も拾って骨壺《こつつぼ》に入れた……え？」

祖父さんの書斎を出ると、リビングに戻り、隣接している部屋に入る。ここは寝室にしようとしている部屋であり、仏壇が置いてある。随分前に死んだ祖母さんと共に祖父さんの遺影が置いてあった。

「あるよな……」

「おー……死んだ自分の仏壇を見ると変な気分じゃな」

後ろを振り向くと祖父さんがいたので仏壇と祖父さんを見比べる。

「いや、マジで祖父さん、幽霊じゃないのか？　もしくは、ドッキリ？」

「ドッキリだったら笑えなすぎるじゃろ。さっきも言ったが、残留思念じゃ」

祖父さんはそう言うと、何を思ったのか仏壇の前に座り、手を合わせた。

「シュール……普通、自分の仏壇に手を合わせるか？」

「自分じゃなくて祖母さんに合わせたんじゃ。そもそも、普通に考えて自分の仏壇に手を合わせるって何じゃい」

いや……実際、あんたがしているだろ。

「なあ、残留思念って何だ？」

「そういう魔法じゃ。儂は自分が長くないと思い、遺言みたいなものを残すことにしたんじゃ」

魔法？　遺言？

「意味がわからないんだが？」

「儂は大魔導士なんじゃ」

は？

「祖父さん、俺の名前がわかるか？」

「……耄碌《もうろく》しとらんぞ」

「いや、大魔導士って……九十歳まで生きといて中学生みたいなことを言うなよ」

「言いたいことはわかるが、実際にそう呼ばれとったんだから仕方ないじゃろ。まあ、聞け。儂は若い頃、神から魔法の力を授かった」

ハァ？

「すごいね」

何も言えねーわ。

「ああ。その力を得た儂は日々、魔法の研究をしてきた。だが、儂もいよいよ厳しくなったんじゃ」

まあ、九十歳だしな。前に会った時もあちこちにガタが来ているって言っていた。

「仕方がないね」

「ああ。だが、儂はまだ成し遂げていない。だから後のことをお前に託したいのじゃ」

「託すって言われてもな……大魔導士って何だよ？」

マジで意味がわからん。

「この世には魔法使いと呼ばれる存在がおるんじゃ」

「魔法使いねー……まあ、この場に祖父さんがいるのが何よりの魔法だわ」

祖父さんの遺体も見ているし、骨も拾っている。いるはずのない人が目の前にいるのだ。

「そういうことじゃ。タツヤ、儂はお前にすべてを託したい。この家も魔法も何もかもじゃ」

「家はわかるんだが、魔法って？　祖父さんが教えてくれんのか？」

「いや、儂は残留思念だからそんな時間は残されとらん。ちゃんと教えてくれる者がおる」

誰？　魔法の先生かな？

「魔法ねー……」

「魔法は楽しいぞ。空も飛べるし、何だってできる。必ずやお前の人生は華やぐことだろう」

「へー……祖父さんは華やいだのか？」

「もちろんじゃ。魔法は楽しいだけではなく、金儲《かねもう》けにも使えるし、身を守る術《すべ》にもなる。儂はトラックに轢《ひ》かれそうになった時も上から鉄骨が落ちてきた時も暴漢に襲われそうになった時もすべて魔法で防いできた」

いや、単純にピンチになりすぎでは？　俺、三十五年間でそんなの一度もないぞ？

「祖父さん、かなり波乱万丈な人生だったんだな」

「まあな。九十年間、苦労もあったが、楽しい人生じゃった。あ、そうそう。他にも魔法があったから祖母さんと出会えた。この話を聞きたいか？」

「いや、それは全然興味ない。というか、聞いてどうしろと？」

「三十五歳にもなって嫁どころか彼女もおらんお前には大事なことだと思ったのだがな」

「ほっとけ。興味ないわ………どうやるの？」

べ、別にどうでもいいけどね。

「方法は自分で探せ。儂には儂のやり方があったし、お前にはお前のやり方があるだろう」

おい……急に梯子《はしご》を外すな……というか、自慢したかっただけだろ。祖父《じい》さん、こういうところがあるよな……

「まあ、魔法についてはわかったわ。いや、わかんないけどな」

「タツヤ、本来ならもっと早く魔法のことをお前に伝え、スムーズな引き継ぎをしたかった。だが、儂はまだまだ死なんと思っていたし、お前はお前で仕事が忙しそうじゃったから後回しにしてしまった。もし、お前が今の人生に満足しているならあの書斎を封印しろ。だが、もし不満があり、人生を変えたいと思うならもう一度、あの部屋に行ってみろ」

「めちゃくちゃ不満を持ってるぞ。ブラックとまでは言わないが、仕事が苦痛で仕方がない」

いや、係長はブラックと言っても差し支えない。

「もっと早くそれを聞きたかったわい……」

「あんなに就職を喜んでくれた祖父さんに言えるか」

「そうか……時間じゃ……タツヤ、お前の人生が変わり、幸福となることをあの世で祖母さんと願っておる」

祖父さんの身体が薄れていく。

「祖父さん、死ぬのか……」

「もう死んどるわい」

そうだった……残留思念って言ってたな。

「祖父さん、ありがとう。最後にちゃんと話せて良かった」

病院に駆けつけた時にはすでに亡くなっていたし、最後に話したのは半年近く前だった。

「ああ……達者でな。タツヤ、最後にだが、人生は後悔のないように楽しく生きるべきじゃぞ。人生はお前が思っているよりずっと短いから後悔するような人生だけは送るな。ではな」

祖父さんがそう言って笑うと、消えていった。そして、その場には祖父さんが着ていた謎の白いローブが残される。俺はそれを拾い、祖父さんがいた仏壇の前に座った。

「夢ではないんだな……」

線香を焚《た》き、目を閉じて手を合わせる。そして、目を開けると、遺影に写る祖父さんと祖母さんが微笑《ほほえ》んでいる気がした。ふと、自分の頬を触ると、指先が濡《ぬ》れる。

「涙……ようやく泣けたのか」

祖父さんが死んでから忙しさと現実感のなさからまったく泣けなかったのだ。

「後悔のないように楽しく生きるべき……か」

立ち上がると、部屋を出て、祖父さんの書斎の前に立つ。

「もう一度ここに入るか、封印するか……」

どうする？　いや、答えは出ている。今の自分の人生が幸福だとは思っていないし、意味はわからないが、祖父さんの遺言には従いたいと思う。ロクに孝行ができなかったのでそれくらいはしたい。

俺はドアノブを握って引く。すると、ぎーっという音を立てて、扉が開いた。扉の先はどこかの部屋であったが、さっき見た倉庫とは明らかに異なっている。この部屋は少なくとも二十畳以上あり、家の構造上、ありえない広さだ。さらには様々な謎めいた器具や、書物がびっしりと並んだ本棚があり、明らかにおかしい。まるでファンタジー世界の魔法使いか錬金術師の部屋のようである。いや、そんなことはどうでもいい。それよりももっと大事なことがある。何故《なぜ》なら俺の目の前には真っ白なフード付きローブを着た長い黒髪の小さな女の子が黒猫を抱えて立っていたのだ。

「お待ちしておりました、タツヤ様」

少女は頭を下げると、すぐに頭を上げた。

「え？　誰？」

本当にだれぇー!?　祖父さん、誘拐は良くないぞ！　あ、いや……まさかの隠し子!?

女の子は黒猫を抱えながら首を傾《かし》げ、俺を見上げている。どう見ても十歳前後にしか見えない。

マズい！　これは非常にマズい！　俺は三十五歳だ！　対応を間違えると、社会的に死ぬ！　会社を辞めたいとは思っていたが、社会から脱落したいとは思っていない！

「私はルリと申します。タツヤ様を補佐するために作られたホムンクルスでございます。よろしくお願い致します」

ああ……置いてかないで。一瞬でついていけなくなった……

「ホムンクルス？」

どこかで聞いたことがあるような？　何だっけ？

「はい。ホムンクルスとは人造人間のことです。私はタダシ様に作られ、タツヤ様の補佐をするように言われております。何なりとお申し付けください。どんなことでも従います」

……何を言ってんだ、この子？

「ごめん……俺、全然、状況がわかっていないんだ。今日、祖父さんの家に来たんだよ」

「そうでしょうね。実はタダシ様より、タツヤ様に説明するように命令されております」

命令？　祖父さんが？　こんな可愛《かわい》い少女に？　え？　大丈夫？

「えーっと、俺は祖父さんから後を託すって言われたんだけど……」

「もちろん、存じております」

少女が頷《うなず》いた。

「どうなってんの？　悪いんだけど、まったくわからない」

「はい。説明しましょう。タツヤ様の補佐をするのも私の仕事です」

さっきからちょいちょい言ってるけど、補佐って何だろう？　いや、とりあえずは話を聞こう。

「お願い」

「その前に立ったままでは疲れるでしょうし、おかけください。お茶を淹《い》れますので」

「え？　あ、うん……」

勧められるがまま部屋の中央にあるテーブルについた。椅子に座りながら少女の後ろ姿を眺めていると、少女は作業台で番茶と書いてある袋に手を突っ込み、茶葉を握る。そして、急須《きゅうす》に茶葉を入れ、ポットでお湯を注いでいく。

あ、お茶ってそれか……なんとなく雰囲気的に紅茶を予想していた。

少女はお盆に急須と湯呑《ゆのみ》を載せて、持ってくると、湯呑を俺の前に置き、お茶を淹れてくれる。

あと、黒猫がいつの間にかテーブルの上で丸まっていた。可愛い。

「ありがとう……」

「いえ、これも私の仕事です。得意なんですよ」

そう……めっちゃ濃いけど……祖父さんの好みか？

「うん、美味《おい》しいよ」

そう言うと、ずっと無表情だった少女の口角が緩んだ。これで『もうちょっとお茶は薄い方が……』とは言えなくなった。

「では、説明を致しましょう。何も聞いていないでしょうから一から説明致します」

少女が無表情に戻った。

「お願い」

「はい。かつて、タツヤ様の祖父であるタダシ様は神から魔法の力を授かりました」

「あ、それは聞いた」

「さようですか。では、飛ばします。魔法の力を得たタダシ様は日々、魔法の研究を重ねてこられました。そして、ついに異世界の扉を開いたのです」

「異世界？」

「ここですね」

ここ？　ここ、異世界なの？

「マジ？」

「マジです。そこから外を覗《のぞ》いてみてください」

少女が窓を指差したので立ち上がると、窓の方に行き、外を覗く。すると、そこは森の中のようで木しか見えなかった。

「へ？　何これ？　森？」

「はい。向こうの世界の家と繋《つな》がっておりますが、この家は森の中にあります」

異世界……確かにその言葉が脳裏に浮かんだ。当たり前だが、祖父さんの家は住宅街にあるから周りに森なんかない。少なくとも、ここは絶対に俺がいた都内ではない。

「なるほど……」

「話を続けましょう」

そう言われたのでテーブルに戻り、席についた。

「どうぞ……」

濃い番茶を飲む。これはこれで美味しい気がしてきた。少なくとも、今の俺にはちょうどいい。

「はい。タダシ様はこの異世界でさらなる魔法の研鑽《けんさん》を積んでこられました。しかしながらご高齢となり、死期を悟られたので後のことをタツヤ様に託されることにしたのです」

「らしいね。でも、魔法って言われても……」

魔法なんて使えんぞ。当たり前だけど。

「はい私の目には素質があるように見えます。タダシ様もそのような判断をなさったのでしょう」

マジか……

「え？　本当に？」

魔法って何ぞや。ゲームとかのやつかな？

「あるよね？」

少女が丸まっている黒猫を見る。

「あるにゃ」

え？　猫がしゃべった……？　いや、まさかね……

「にゃ？」

「にゃ」

にゃー……

「名前は何て言うの？」

「ミリアムにゃ」

「可愛い名前だね…………いや、猫がしゃべった⁉」

嘘だー！

「あ、ミリアムは使い魔なんです。正確には猫ではなく、悪魔ですね」

悪魔⁉

「悪魔……」

「ふふっ、混乱してるにゃ」

にゃ……

「なんで語尾が『にゃ』なの？」

「気にするところ、そこ？　わかりやすいキャラ付けと思ったんだけど……」

ミリアムが普通の口調になった。

「あ、確かに『にゃ』がついてる方が似合ってるし、可愛い」

「そうだろう？　そういうわけにゃ」

うん、可愛い。

俺はミリアムを撫《な》でる。すると、ミリアムが気持ちよさそうな顔になる。

うん、猫だな。実は昔から飼いたかったくらいには猫が好きなのだ。

「そういうわけであなた様には魔法の才能があります」

少女が話を戻した。

「あるにゃ」

あるのか……

「後を継ぐって言われても何をすればいいの？」

「うーん……どうすればいいのかな？」

少女がミリアムに聞く。

いや、知らんのかい……

「研究を引き継ぐことだろうけど、このおっさんはまず基礎を学ぶところからだと思うにゃ」

おっさん……いやまあ、おっさんだけど、ストレートに言われると、響くなー……

「なるほど……では、まずそこから始めますか……」

少女が思案顔になる。

「あ、あの、ちょっといいかな？」

「何でしょう？」

視線を上に向けながら考え込んでいたルリさんが俺をまっすぐ見てきた。

「えーっと、ルリちゃんだっけ？」

「ルリとお呼びください」

「え？　いやでも……」

女の子を呼び捨てなんてしたことがない。

「ルリとお呼びください」

圧が……

「ルリはどういう存在なの？　さっきホムンクルスって言ってたけど……」

人造人間だっけ？　何号とか付いてないよね？

「ホムンクルスとは人の手によって作られた人工生命体です」

「どうやって……」

いや、待て！　製造方法を聞くのはセクハラだ！　社会的に死ぬ！

「いや、ごめん。それで魔法って？」

「？？　あ、魔法はこういうのです」

ルリが手のひらを天井に向けると、炎が現れた。

「なるほど……確かに魔法だ」

どう見ても魔法。もしくはパイロキネシス。

「それが俺にもできるの？」

「はい。かなり素質があるように見えますし、すぐにでもできるでしょう」

そう言われたのでルリと同じように手のひらを天井に向ける。

「メ○ゾーマ！　ファ○ガ！　マハラ○ダイン！　……出ないよ？」

おかしい……

「おっさんだにゃー……」

おっさんだよ。最近のゲームは知らない。

「魔力を込めてませんね。お手伝いしましょう」

ルリはそう言うと、俺の後ろに回り、天井に向けている俺の手の甲にそっと触れる。

「おっさんの心拍数が上がったにゃ」

う、うるさい！

「ちょっと緊張しただけだよ」

「緊張？　よくわかりませんが、私の魔力を流してみますね」

マイペースなルリがそう言うと、手から何か温かいものが体中を巡っている感覚がした。

「何これ？」

「それが魔力です。手に集中してみてください」

「集中……」

俺の中にある温かいものを操作しようとすると、確かに動かせた感覚があった。ルリに言われた通り、その魔力とやらを手に集中させてみる。すると、俺の手のひらがどんどん温かくなってきた。

「――――ッ！　ルリ、やめさせるにゃ！」

「え？」

ルリが声を出すと、俺の手のひらから炎というか、火柱が出てきた。

「えー……」

俺はその火柱を呆然《ぼうぜん》と見ている。

「くっ！　ディスペル！」

ミリアムがそう言うと、一瞬にして火柱が消えた。だが、天井には穴が開いており、青空が見えている。

「え？　何これ？」

魔法ですか？

「すごい魔力ですね……」

「こいつ、おっさんのくせにとんでもない魔力を持ってるにゃ……」

すごいの、それ？　というか、天井が……祖父《じい》さん、ごめん。

「あー……ごめん。どうしよう？」

謝りながら焦げて穴が開いてしまった天井を見上げる。

「初心者だから仕方がないにゃ。それにこのくらいなら直せるにゃ」

テーブルの上にいるミリアムはそう言うと、尻尾《しっぽ》を穴に向ける。すると、時間が巻き戻ったかのように穴が塞《ふさ》がっていき、元の天井に戻った。

「すごっ！」

「これが魔法にゃ」

ミリアムがドヤ顔を見せる。

「本当にすごいね……」

正直、炎を出すよりも魔法っていう感じがした。極論を言えば、炎はライターでも火炎放射器でも出せる。だが、現代の技術では燃えたものを元に戻すことは絶対にできないからだ。

「お前はこういうのを覚えるにゃ」

「できるの？」

「できるにゃ。お前は魔力も多いし、才能もある。私とルリが教えてやるにゃ」

できるのか……このしがない係長に……だったらやってみたいと思う。昔から勉強ができるわけでもない、スポーツができるわけでもない普通の俺……何の才能もない俺だったが、やってみたいと思う。死んだ祖父さんの頼みだし、俺自身も興味がある。それくらいに魔法というのは神秘だった。

「わかった。やってみるよ」

「では、まずは魔力のコントロールだにゃ。ルリ、頼むにゃ」

「うん。わかった」

ミリアムが頼むと、ルリが頷《うなず》いた。

よし！　よくわからないけど、やるか！

「……あ、ちょっと待って。悪いんだけど、後にしてくれるかな？　引っ越しの準備とか色々しないといけないいんだよ」

「引っ越し？　あ、そうか。別のところに住んでいたのか……わかったにゃ」

「そちらを優先してください。まずは生活が第一でしょうし」

一人と一匹が頷く。

「じゃあ、やってくるよ」

そう言って、立ち上がると、扉まで行き、立ち止まって振り返った。

「そういえばなんだけど、ルリとミリアムはここに住んでいるの？」

「そうですね」

「そうにゃ」

以前からなんだろうか？

「こっちに来たりしないの？」

「しませんね。私とミリアムはそちらに行ってはならないと命令されております」

祖父さんか。

「ふーん……別に来ても良いと思うけどなー」

「良いのですか？」

「良いのかにゃ？」

何か不都合があるだろうか？

「ごめん。逆に何かマズかったりするの？」

「いや、私的にはそちらに行けた方が良いにゃ」

「私もそちらの方がお世話できます」

お世話？　こんな子供が？　逆に世話をしないといけないように思える……

「まあいいや。来なよ。今晩は引っ越しそばでも食べるからさ」

「私にお任せを。お料理は得意です」

「おっさん、私は肉がいいにゃ」

肉……豚こまでいいよね？

「ミリアム、肉を買ってきてあげるから頼みがある」

「何にゃ？」

「おっさんはやめてくれない？　俺には山田《やまだ》タツヤという名前がある」

「微妙なお年頃なんだにゃー……わかったにゃ、山田」

山田……まあいいか。

「私は何とお呼びしましょうか？」

ルリが聞いてくる。

「何でもいいよ。あ、でも、待って」

この子が家にいて、誘拐したとか思われないだろうか？　そうなると娘は嫌だし、妹という設定か？　いや、親戚《しんせき》でいいか。祖父さんが作ったんだったら似たようなものだろう。

「どうしたにゃ？」

「ちょっと設定を考えていた。ルリは親戚の子ね」

「わかりました。そちらの世界の都合もあるでしょうし、それで問題ありません。そうなると……………お兄ちゃん？」

お兄ちゃん……悪くない響きだが、この歳になるとこっぱずかしい。

「山田でいいにゃ」

「わかった。よろしくお願いします、山田」

すごく違和感があるんですけど？

「やっぱりタツヤさんにするにゃ……」

ミリアムも同じことを思ったようだ。

「じゃあ、それで。よろしくお願いします、タツヤさん」

敬語が親戚っぽくないけど、個性と言い張れるだろう。

「よし。じゃあ、おいでよ」

そう言うと、一人と一匹がこちらに来たので扉を抜け、家に戻った。

「ここが異世界ですか……」

「雰囲気が随分と違うにゃ」

一人と一匹はリビングにやってくると、部屋を見渡す。

「そうか……ルリとミリアムからしたらこっちが異世界なのか……」

「そうなりますね。タダシ様から聞いてはいましたが、実際に来てみると感心します。ところで、引っ越しと言っていましたが、お手伝いをすることはありませんか？」

うーん……そう言われてもなー。

「基本はここの物を使うし、やることは主に処分なんだよ。あとは日常的な物を持ってくる程度」

「でしたらお手伝いができると思います。空間魔法を使いましょう」

「何それ？」

「こういうのです」

ルリはそう言うと、大型テレビに触れる。すると、あっという間にテレビが消えてしまった。

「え？　何それ？」

憧《あこが》れの大型テレビはどこに⁉

「空間魔法です。別次元に収納しました。もちろん、取り出せます」

ルリがそう言うと、大型テレビが元の位置に現れる。

「そんなこともできるの？」

「これはそこまで難しい魔法ではありませんし、タツヤさんならすぐにできると思います」

これが難しくないの？　魔法ってすごいな……

「じゃあ、お願いしようかなー……ところで、ルリってさ、その服しかないの？」

白いフード付きのローブだ。変ではないが、十歳くらいの女の子が着る服ではない。

「他にもありますよ。フードがないやつとか赤いやつとか」

全部、ローブなのか。

「えーっと、パジャマとかは？」

「ないです」

マジか……

「その辺も買わないといけないか……」

出費が……あ、いや、これからは家賃がかからないわけだし、多少は貯金を崩しても大丈夫か。

「じゃあ、買い物に行ってから俺の家に行こうか」

何かこのセリフ、見た目が十歳くらいの少女に言ってはいけないセリフな気がする。

「いいんですか？　私はこのままでも構いませんし、認識阻害の魔法がありますからどうとでもなりますよ？」

認識阻害って何だろ？

「うーん、でも、女の子が常時、その格好は良くないと思うなー……」

「そうですか……こちらにはこちらのルールや文化がありますしね……わかりました」

この子、絶対に頭が良いんだろうなー。

「私も行っていいかにゃ？　外が気になるにゃ」

ミリアムがせがんでくる。

「猫かー……店は無理だと思うよ？」

「じゃあ、姿を消す魔法を使うにゃ」

ミリアムはそう言うと、尻尾を立てる。

「可愛《かわい》い尻尾だね」

「ありがとうにゃ。これで大丈夫にゃ」

ん？

「何が？」

「もう消えたにゃ」

「いるじゃん……もしかして、バカには見えない的な？」

「じゃあ、山田が見えてる時点でおかしいにゃ。山田やルリには見えるようにしているだけにゃ」

本当か……？　わからん……

「まあいいか。じゃあ、行こうか」

俺達は家を出ると、まずはルリの服なんかの日用品を買うことに決めた。そして、服屋なんかを巡り、日用品を購入していく。当たり前だが、俺にはよくわからなかったので全部、本人と店員に任せた。結構な出費だったが、日用品を買い終えると、俺が住んでいるアパートに向かう。

「ここが山田の家か……狭いにゃ、汚いにゃ」

「苦労されていたんですね……」

部屋に入ると、ミリアムとルリが同情した目で見てきた。

「いや、これが普通だから。一人暮らしの男の家なんてこんなもん」

多分……ちょっと掃除をしてないぐらいだ。

「なるほど……男性はずぼらなところがありますからね。これからは私にお任せください。それでどうしますか？　全部、収納してもよろしいでしょうか？」

ルリが聞いてくる。

「できるの？」

「はい。言ってくだされば必要な物だけを取り出すことも可能です」

すごい……

「じゃあ、お願い」

「では……」

ルリは頷くと、家具や家電に触れていき、収納していく。そこそこ物はあったと思うが、十分足らずですべての物が消えてしまった。

「これが魔法か……」

「魔法にゃ。山田もすぐに覚えられるにゃ」

できる気がしないんだが？

「終わりましたし、戻りましょう」

「あー……そうだね」

俺達はアパートをあとにすると、スーパーで買い物をし、祖父《じい》さんの家に戻った。そして、一休みすると、リビングのコタツ机でルリとミリアムが魔力のコントロールとやらを教えてくれる。

「先程の火魔法の失敗は魔力の量が多すぎたのです。普通はこんなに簡単に魔力を一点に集中できないのですが、タツヤさんは魔力量が多いこととコントロールが上手《うま》すぎるのが原因でしょう。少しだけ集中してみてください」

買ってきた服なんかを整理しているルリが教えてくれた通りに指先にわずかに魔力を集中してみる。すると、ライターぐらいの火が現れた。

「山田……お前、すごいにゃ。そこまで魔力をコントロールできる人間なんか滅多にいないにゃ」

「素晴らしいことだと思います」

これがすごいのかどうかもわからない素人《しろうと》なんだけどね。

俺は立ち上がると、キッチンに行き、換気扇をつける。そして、タバコを取り出すと、咥《くわ》え、さっきの魔法を使い、火を点《つ》けた。

「ふう……ライターがいらなくなったな……」

便利だが、人前では使えない。微妙……

「山田……猫を飼っているくせにタバコを吸うにゃよ」

飼われているという認識でいいのか？　やった！　憧れの猫がいる生活だ！

「あ、ごめん……」

慌てて、火を消した。

「小さい子もいるんだぞ」

そういやそうだ。

「ルリもごめんね」

「いえ、私は我慢できますので」

よし！　やめよう！　自分でもヘビースモーカーだと思っていたが、子供に我慢させるものじゃない。

俺はタバコをパッケージごとゴミ箱に捨てると、リビングに戻った。

「タバコはやめることにしたよ」

「え？　はやっ……」

「あ、あの、別にやめなくてもいいですよ？」

二人がちょっと引いている。

「いや、どっちみち、やめるきっかけを探していたんだよ。生活も変わったし、いい機会だ」

タバコも年々、高くなっているしね。

「そうですか……身体《からだ》にも悪いですし、そちらの方が良いでしょう」

「単純に良いことだにゃ」

その後も魔力のコントロールを教えてもらっていくと、自在にコントロールできるようになった。

夜になると、ルリにキッチンの使い方を教えながらそばを茹《ゆ》で、豚こまを炒《いた》める。そして、それらのご飯を二人と一匹で食べた。何故《なぜ》か、これまで食べたどんな料理よりも美味しかった気がしたし、部屋が明るく、暖かかった気がした。いや……昔、祖父さんと祖母《ばあ》さんと食べた料理と同じくらいだ。人と食べる料理がこれほど良いものだということに十年以上振りに気付いた。

土日を終え、月曜日になった。起きた俺は昨日買っておいたパンを食べ、着替える。すると、部屋の隅にある、引っ越しの際に使った段ボール箱からミリアムが飛び出してきた。

「ふわぁー……山田《やまだ》、早いな……」

ミリアムが身体を伸ばしてあくびをすると、ネクタイを結んでいる俺を見てくる。

「仕事だよ」

「仕事……そうか。山田は会社勤めか」

「まあね。ルリもだけど、ミリアムってこっちの世界のことをどれくらい知っているの？」

詳しいように思える。

「私もルリも知識としては知っている。でも、来たことも見たこともない。その程度だな……あ、その程度にゃ」

寝ぼけていた猫がキャラを思い出す。

「なるほどねー……ルリは？　まだ寝てるのかな？」

ルリには空いていた部屋を一つあげた。ミリアムは『これがいいにゃ！』ってえらく気に入った段ボール箱だ。

「寝てるにゃ。こんなに早く起きる生活リズムじゃなかったしにゃー……」

どういう生活リズムだったんだろう？　学校は？　いや、異世界に学校があるか知らないし、そもそもホムンクルスか……

「俺は仕事に行ってくるから夜に帰ってくる。好きにしてていいけど、人前でしゃべらないでね」

噂になったら動画配信者とかテレビ局が来そうだし。

「わかってるにゃ。ちゃんと夕食はルリが作っておくにゃ。お仕事、頑張るにゃ」

大丈夫かな？　いや、昨日の感じだと大丈夫か……

「ありがとう。じゃ、行ってくるよ」

そう言って手を挙げると、家を出た。そして、電車に乗り込み、会社に着くと、仕事を始める。

この日も課長の小言を聞き、自分の仕事の合間に後輩の面倒を見ていく。月曜から大変だったが、何とか仕事を終えると、帰宅した。家に帰ってまず思ったことは明るかった。当たり前だが、ルリとミリアムがいるのですでに電気は点いている。

「ただいま」

そう言いながらリビングに入った。

「おかえりにゃ」

「おかえりなさいませ。もうすぐご飯です」

良い匂いがするなと思ってキッチンを見ると、エプロンを着たルリが台に乗って料理をしていた。

「大丈夫かな？　ちょっと心配になる絵面だけど……」

「大丈夫にゃ。それよりお前、遅かったにゃー」

そう言われて時計を見るが、まだ七時だ。

「早い方だよ……」

苦笑しながらそう返すと自室に戻り、着替える。そして、この日も二人と夕食を食べると、魔法の特訓をした。この週はそんな感じで過ごしつつ、住所変更や引っ越しの手続きをしたりと、中々、大変な一週間だった。だが、やはり家事をルリがやってくれるのは助かったし、可愛らしいルリやミリアムを見たり、撫《な》でたりしていると、癒やされた。それと通勤中にコントロールできるようになった魔力で少し実験をしてみた。実験というほど大層なものではないが、魔力を身体中のあちこちに集中させてみたのだ。足に集中すると、脚力が上がったし、腕に集中すると腕力が上がった。さらに目に集中すると、遠くのものが見えるようになったし、耳に集中したら遠くの声が聞こえるようになった。このように魔力を集中させると魔法が使えるだけでなく、身体能力も向上するのだ。これはすごいと思った。そうやって一週間を過ごしていると、ようやく金曜の夜になった。

「ハァ……」

この日もルリに作ってもらった夕食を食べると、一息つく。

「山田……この一週間、お前を見ていたが、働きすぎじゃにゃいか？」

「私もそう思います。朝早くに起きられ、夜遅くまでお仕事……お身体を壊されますよ」

ミリアムとルリが心配するような目で見てきた。

「これが普通だよ……繁忙期には日を跨《また》ぐこともある」

「え？　そうにゃのか？　お前、奴隷にゃ？」

奴隷……異世界ワードとも思えなくもないが、心に沁《し》みる。

「というよりも社会の家畜だろうね。こっちの世界では社畜っていう言葉があるくらいだし」

「奴隷以下……」

沁みる……ビール飲も……

キッチンに行き、冷蔵庫から缶ビールを取り出すと、リビングに戻り、飲む。

「仕方がないよ。こうやってお金を稼がないと生きていけない」

「まあ、それはわかるが……」

「でも、タダシ様は働いていませんでしたよね？」

そういえば、そうだ。

「祖父さん、どうやって金を稼いでいたんだろう？」

「魔法を使っていたんじゃないかにゃ？」

魔法ねー……人生が華やぐと言ってたが、どうやったんだろう？

「お金を増やす魔法とかあるの？」

「うーん、ないにゃ……」

だよねー。

「どうやってたんだろ？」

「まあ、村の人に薬を売ってたりはしてたかにゃー？」

村？

「何それ？」

「あの家の近くには村があるんですよ」

「そんなに離れてないにゃ。玄関から出たら一本道があって、村はその先にあるから外に出たら見えるにゃ」

マジか。

「へー……どんなところなんだろう？　まさか、村に行ったら石を投げられたりしないよね？」

「そんな暴力的な人間が住む村じゃないにゃ。ただの開拓村だにゃ」

「開拓って？」

歴史の授業で習ったワードのような気がするが……忘れた。

「あの辺は大森林が広がっていて、それを伐採して畑を作っているんだにゃ。あそこはそういう村だにゃ。国の事業で認められていて、自分の土地にしていいんだにゃ」

へー。

「でも、伐採って大変じゃない？　ショベルカーでもあれば楽だけど……」

「まあにゃー。そういう建設機械はさすがにあっちの世界にはないけど、魔法を使えば楽だにゃ。でも、魔法使いってそんなにいないにゃ。いても他に儲《もう》かる仕事があるから開拓事業なんかに参加しないにゃ」

技能があれば都会の華やかな仕事に就くか。その辺はどこの世界も一緒だな。

「祖父さんはやらなかったの？」

「多少は手伝っていたみたいだが、あまり関わらないようにしてたみたいにゃ。引きこもって魔法の研究をしてたし、話をしていたのは村長さんくらいだったと思うにゃ」

「ふーん……ということは薬を売ってた相手って村長さんなわけでしょ？　大丈夫なのかね？　祖父《じい》さん、死んじゃったけど」

薬ってことはどこか悪いんでしょ？

「……大丈夫じゃないようにゃ？」

「……そういえば」

ミリアムとルリが顔を見合わせる。

「えー……忘れないでよ」

「タツヤさん、明日にでも村長さんに薬を届けた方がいいかもしれません」

「俺が行くの？」

「はい。タダシ様の後継者ですし、挨拶《あいさつ》をした方がいいかと……」

異世界の村ねー……

「そういう村でスローライフな生活を過ごすのもいいかもなー」

「スローライフ？」

「そういう田舎《いなか》の村でさ、ゆっくりのんびり生活すること。都会は華やかだけど、疲れるんだよ」

魔力を集中させていれば、身体が疲れることはない。だが、どんなに魔力を集中させても心は疲弊するのだ。

「普通の生活のような気がしますが、別世界の人にはそれが憧《あこが》れなんですかね？」

「憧れというほどでもないけどね。単純に疲れたし、心がすり減っているんだよ。それを癒やしたい。まあ、お金を稼がないと生きていけないから無理だけどね」

異世界で畑を耕せばご飯を食べられるかもしれないが、持ち家だと固定資産税を払わないといけないし、月々の光熱費だってバカにならない。何をするにしてもお金が必要なのだ。

「大変ですね……私もお仕事をお手伝いできればいいんですけど……」

無理。

「家事をしてくれるだけでも助かってるよ。とにかく、明日、村長さんのところに行けばいいわけね。了解」

俺は明日の予定を決めると、ルリに魔法を教えてもらうことにする。結果、俺はレベルが上がり、空間魔法を覚えた。


翌日、朝早くに起きると、朝食を食べ、スーツに着替えようと思い、シャツまで着たが、ふと、祖父さんが残してくれた白いローブが目に入る。

「異世界だしな……」

ローブを手に取ると、スーツの背広代わりに羽織った。そして、リビングに戻ると、ルリがミリアムを抱えたので例の扉を開け、異世界の家にやってくる。

「うーん、相変わらず、謎の部屋だな……本がいっぱいだし、見たことのない器材が多い」

後継者ってことはここにある本を全部読まないといけないのか？　寝る前に少しずつ読んでいった方がいいのかもしれない。読書は好きだし、やるか。

「では、その器材を使ってみましょう」

ルリが提案してくる。

「先に挨拶に行って、薬を渡した方が良くない？」

「その薬を作らないといけないんです」

あ、そういうこと……

「薬を作るって言われてもハードルが高いなー」

「そこまで難しい薬じゃないですよ。単純に腰痛の薬ですし、材料はあります」

「どうやるの？」

「簡単です。そこに炊飯器がありますよね？」

確かに作業台の上に炊飯器がある。ものすごく場違いだ。

「あるね」

「それにこれを入れてください」

ルリがそう言ってギザギザの葉っぱを渡してくる。よくわからないが、言われた通りに受け取った葉っぱを炊飯器に入れて、蓋《ふた》を閉じた。

「まさか炊飯ボタンを押すの？」

「はい。でも、指先に魔力を込めてください」

これを作ったのは祖父さんだろうが、手抜きだなー……

俺は人差し指に魔力を込めると、炊飯ボタンを押した。すると、聞いたことのある音楽が流れ、蓋が開く。覗《のぞ》いてみると、錠剤が五錠ほど入っていた。

「簡単だね」

「まあ、炊飯器ですので」

魔法の炊飯器かね？

「でも、これで色んな薬が作れるんじゃないの？　すごく便利そう」

「ご自分で回復魔法を使った方が早いし、効果的ですよ」

回復魔法……またすごいのが出てきた。もしかして、傷とかを癒やせるんだろうか？

「俺もできるの？」

「もちろんです。あとで教えます。それよりも村長さんのところに行きましょう」

それもそうだな。

俺は錠剤を空間魔法にしまうと、家を出た。すると、前に聞いた通りに森の木々に挟まれたまっすぐの道があり、その先には家々が見えている。距離的には百メートル程度だろう。

「あそこ？」

「はい。三十人程度が住む開拓村です」

少ない……いや、開拓村だし、そんなものなのかもしれない。

「あ、山田《やまだ》に言っておくにゃ。こっちの世界には魔物と呼ばれるあっちの世界にはいない危険な生物がいるから気を付けるにゃ」

魔物……異世界だし、やっぱりいるのか。

「武器を持ってくれれば良かったな……」

包丁か傘くらいしかないけど。

「大丈夫にゃ。お前の火魔法で対処できるし、私とルリもいるにゃ」

「お任せください」

心強い猫と少女だね。

「頼むよ……ちなみにだけど、言葉って通じるの？」

「問題ありません。魔力を耳に集中してみてください」

ルリにそう言われたので前に試したように魔力を耳に集中させる。

「したけど？」

「今、私はこちらの世界の言葉でしゃべっています。普通に聞こえるでしょう？」

え？　そうなの？

「聞こえるね」

「それと同じようにしゃべる時は喉《のど》に、書く時は手に、文字を読む時には目に魔力を込めてください。それで大丈夫です」

「魔法ってすごいね……」

そこまでできるのか……

「実際、魔法使いは特別にゃ。都会に行ったら大出世できるにゃ」

「これ以上働けって？　嫌だよ」

病気になっちゃう。

「そうだったにゃ……まあ、ゆっくりするにゃ」

俺達は村を目指して歩きだす。そして、村に着くと、農作業をしている人や斧《おの》で木を伐っている人達がいた。その人達は皆、痩《や》せており、とても健康的には見えない。さらにはポツンポツンと立っている家も木材でできており正直、ぼろい。

「中々だね……」

言葉を選ぼうと思ったが、思いつかない。

「開拓村なんてこんなものにゃ」

スローライフは無理だな……

「ですね。村長さんの家はあそこです」

ルリがそう言って指差した方向には家がある。だが、村長の家なのに他の家と大差がなかった。

「あそこねー……まあ、行ってみよう」

俺達が村長の家の前にやってくると、ルリがノックもせずに扉を開ける。

「村長さーん」

ルリがそのまま入っていったので俺も入る。すると、白髪の老人と黒いローブを着た若い金髪の女性がテーブルについて、お茶を飲んでいた。

「おー、ルリか」

老人の顔がほころぶ。

「お久しぶりです」

「久しぶりにゃ」

「ミリアムも久しぶりじゃのう……ところで、そちらは?」

老人が俺を見てきた。

「はい。タダシ様のお孫さんです。それで村長さん、少しお話があるんですが……」

ルリがそう言いながら金髪の女性を見る。

「あ、私のことは気にしないでください。そちらがお先に……」

金髪の女性が遠慮して、ルリを促した。

「そうですか……すみません。村長さん、報告です。先日、タダシ様がお亡くなりになられました」

「な、なんと！」

「タダシ様が……！」

村長さんと金髪の女性が驚いて固まってしまった。

「本当かね？　あのタダシ殿が……」

「はい。少し前より体調を崩されまして……」

「確かに最後に会った時にそんなことを言っておったのう」

「はい。そういうこともあり、今まで薬を渡せずに申し訳ありません」

ルリが頭を下げる。

「あ、いや、そういうことなら仕方がないじゃろう」

「それで今日はタダシ様のお孫さんであるタツヤさんをお連れしました」

ルリはそう言うと、俺を見てきた。入口付近で待機していた俺は村長さんのところまで行く。

「はじめまして。私はタダシの孫の山田タツヤと申します。祖父が生前、お世話になったようで」

「いやいや！　こちらの方が世話になっていたのです。それと私はこの村の村長を務めていますダリルです」

村長さんが頭を下げた。

「村長さん、まずはこれを」

そう言って空間魔法を使って薬を取り出すと、村長さんに渡した。

「これは？」

「腰痛に効く薬です。昨日、ルリとミリアムに事情を聞きまして、急遽《きゅうきょ》、用意しました」

作ったのはさっきだけど。

「村長さん、タツヤさんがタダシ様の後を継がれます。今日はその挨拶に参ったのです」

「本当ですか？」

ルリが説明すると、村長さんが確認してくる。

「はい。そのつもりです。ただ、私はまだ若輩で魔法も修業中の身です」

それどころかドシロウトです。

「いやいや。魔法の才がおありな時点で素晴らしいです。しかし、なるほど、後継ぎですか……」

村長さんが悩み始めた。

「どうかしましたか？」

「あ、いや、実は先程までこの者と似たようなことを話していたのです」

村長さんはそう言いながら席についている金髪の女性を見る。

「こちらは？」

「この村の監査官です」

監査官？

「村長さん、私が説明しましょう。私はこの村の監査官を務めているモニカです。監査官とは王都から派遣されているこの村の監視役と思ってください」

金髪の女性が答える。

「監視役ですか？」

「ええ。不正がないか、開拓の進捗《しんちょく》はどうかなどを王都に報告する役目です。とはいえ、実際は開拓事業にはどうしても魔法使いが必須《ひっす》なため、こうやって手伝いのために派遣されるのです」

ということはこの人は魔法使いか。まだ若いのに大変だな。

「魔法使いの方でしたか。道理で……」

魔法使いっぽいローブを着ていると思ったわ。とある部分が大きく膨らんでいるのであまり凝視はできないが……

「やはりわかりますか……」

そりゃね。

「それで似たような話とは？」

「はい。ご覧のように村長さんはご高齢です。しかも、腰をかなり悪くされており、村長の役目を果たすのが難しくなっているようでその相談を受けていたのです」

確かに見た目は高齢だ。死んだ祖父《じい》さんと変わらないように見える。

「引退されるんですか？」

村長さんに確認する。

「ええ。私もいつぽっくり逝くかわかりません。急に村長が死んでしまうと他の者に迷惑がかかります。ですので、元気なうちに他の者に任せ、引き継ぎを行おうと思ったのです」

確かにそっちの方がスムーズだろう。ウチもそうだったし。

「なるほど。そちらの方が良いでしょうね」

「はい。そこでお願いがあるのですが、ぜひとも、タツヤ殿に後を継いでもらいたい」

ん？

「はい？　私ですか？」

「ええ」

「えーっと、急すぎてついていけてないんですが？」

先週の祖父さんよりひどいぞ。

「村長は誰でもなれるわけではありません。実は最も大事なことがあるんです」

「何でしょう？」

魔法？

「文字の読み書き。そして、算術です」

あー……何かわかった。

「もしや、この村でそれをできるのが村長さんだけなのですか？」

「そうです。もちろん、こちらのモニカもできますが、この者はあくまでも監査官です。村長にはなれません」

識字率が低いのか……いや、開拓事業なんてそういう学のない人達しか従事しないのかもしれない。

「他所《よそ》から呼ぶわけには？」

「その相談をしていたのですが、できたらこの村の者に任せたいと思っております。ここまで頑張ってきた開拓事業を他所の者に任せるのは気が引けますし、皆もいい顔はしないでしょう」

それはわからないでもないが……

「私も同じでは？　私は今日、ここに来たばかりですよ？」

「いや、あなたはこの村に多大な貢献をしてきた大魔導士であるタダシ殿の孫で後継者です。皆も納得するでしょう」

本当に大魔導士って呼ばれてる……

「え？　本当に？」

「はい。ぜひともお願いします」

そう言われてもなー……仕事があるんですけど……帰ってルリとミリアムに相談してみるか。こういう時は即断せずに保留するのが大人の対応なのだ。

「すみません。すぐには回答できません。何せ、先日、祖父の後を継いだばかりでして」

「もちろん、こちらも急いではいません。私もまだ死ぬ気はありませんからな。わはは」

笑えない。

「村長さん、今日は薬を渡すのと挨拶《あいさつ》に来たばかりですのでこの辺で失礼したいと思います」

俺の心を読んだのかはわからないが、ルリが締めてくれる。

「うむ。薬、ありがとうございます」

村長さんはそう言って、金色の硬貨をテーブルに置いた。

「これは？」

「料金です。一錠が銀貨二枚なんですよ」

ということは銀貨が十枚で金貨（？）か。

「では、確かに」

俺は金貨らしき硬貨を受け取ると、ルリとミリアムを連れて家を出た。そして、村を見渡してみる。色んな仕事をしている人がいるが、皆、比較的若い。

「子供までいるんだ……」

二人の男の子が追いかけっこをしていた。

「若い方が多いのはそれほど開拓事業が大変だからですね」

「まあ、村長みたいな人も必要だけど、基本は体力勝負にゃ」

ルリとミリアムが教えてくれる。

「あのモニカって子は？　魔法使いなんでしょ？」

魔法でいくらでも伐採作業ができそうだ。

「監査官の主な仕事は結界を張ることなんです。それと、ケガをしたり、病気をした人の救護ですね」

後ろから答えが返ってきたと思い、振り向くと、モニカさんが立っていた。

「結界とは？」

「魔物がこの村に入ってこないようにするためのものです。危ないですからね。そういうことのために王都から派遣されているのです」

この人、王都の人なのか。

「なるほど……お若いのに素晴らしいですね」

「いえ……言い方は悪いですが、こんな辺境の開拓事業を任せられるのは落ちこぼれです」

あっ……

「失礼」

「いえ……それでも仕事があるだけマシですよ。それにここに住んで一年ですけど、良い人ばかりですし、頑張ってほしいです。それでは」

モニカさんは笑顔でそう言うと、どこかに行ってしまったので俺達も村をあとにし、家に帰ることにした。家に着き、着替えると、リビングでルリが淹《い》れてくれた濃い番茶を飲む。

「ハァ……挨拶だけのつもりがあんなことを打診されるなんてねー……」

「村長の件か？　受ければいいにゃ」

ミリアムがあっさりと答える。

「そんな才覚もないし、技能もないよ。それに仕事がある」

俺、係長。

「たいしたことはしなくていいと思うにゃ。社畜なんか辞めて、村長になるのがいいと思うにゃ。それに村が発展したら自分の領地になるにゃ。立派な領地貴族にゃ。大金持ちにゃー！」

貴族になれるの？

「大金持ちねー……あっちの世界の通貨ってこれ？」

そう言って、村長さんから受け取った金貨をコタツ机に置く。

「そうにゃ。金貨にゃ。本物の金にゃ」

そりゃすごい。

「こっちで使えないんだから意味ないよ。払わないといけないものがいっぱいある」

食費、光熱費、税金などなど……

「そっかー……じゃあ、断るにゃ？」

「まあ、その方向かなー……手伝いくらいはしてもいいけど」

魔法の修業にもなるだろうし、村の発展を見ていくのも楽しいだろう。

「この金貨は売れないんですか？　高額で取引されると聞いたんですけど……」

ルリが金貨を手に取りながら聞いてくる。

「無理じゃない？　少量ならリサイクルショップとかで買い取ってくれると思うけど、生活に困らない量となると、怪しまれる。そういう伝手《つて》もないしね」

俺はごく一般的な会社勤めの人間だ。

「そうですか……お金を稼ぐって大変ですね。私にお手伝いできることがあればいいのに」

「いや、すごく助かっているよ。家事をしてくれるし、魔法を教えてくれるしね。あ、そうだ。回復魔法とやらを教えてよ。実はすごく興味がある」

「わかりました」

ルリが嬉《うれ》しそうに笑った。

土日はルリから魔法を教えてもらうことに使った。おかげで回復魔法とやらを教えてもらったが、傷を癒やすだけでなく、疲れも取れるようで非常に興奮した。ただ、疲弊した心は癒やせなかった。なので、日曜の夜はストゼロで心をマヒさせて月曜を迎えることになった。

「あー、だるっ」

思わず、声が漏れた。

「が、頑張ってください」

朝ご飯を用意してくれたルリが励ましながらカバンを渡してくれる。

「あー、ごめん、ごめん。月曜はいつもこうなんだよ。じゃあ、行ってくるね」

そう言ってカバンを受け取ると、ルリが洗い物をするために皿をキッチンに持っていった。

「山田《やまだ》、私もついていっていいかにゃ?」

ミリアムが俺の身体《からだ》を登り、肩で止まると、そう聞いてくる。

「ついていくって会社に?」

「そうにゃ。お前の仕事が気になる」

猫を職場に? うーん……まあいっか。

「姿は消してくれよ」

「わかったにゃ」

ミリアムが尻尾《しっぽ》を上げた。多分、魔法を使ったんだろう。

「じゃあ、行こうか」

「行くにゃ」

「いってらっしゃーい」

俺とミリアムは皿を洗っているルリに見送られ、リビングを出る。そして、玄関で靴を履き、家を出ようとすると、ポストに茶封筒が入っていることに気が付いた。

「んー?」

宛先《あてさき》と差出人の名前を見てみると、祖父《じい》さん宛でタイマー協会というところからだった。

「何だ、これ？」

タイマー？　タイム……時計か？　祖父さんにそんな趣味あったかな？

「山田、遅刻するぞ」

「あ、うん」

茶封筒をビジネスバッグに入れると、家を出た。そして、駅に着くと、俺と同じようなたくさんの社畜達が電車を待っていた。

「……皆、目が死んでいる」

肩にいるミリアムが小声でつぶやく。

「……月曜だから仕方がないよ」

俺も小声で話す。

「生活は確実にこちらが豊かにゃ。でも、笑顔が……」

ないねー。俺と同じようなおっさんもおばさんも若い人も皆、笑っていない。ただただ目が死んでいる。これが月曜の朝だ。

俺達はそのまま電車に乗ると、満員電車に圧死させられた。そして、会社近くの駅に着くと、会社に向かって歩いていく。

「死ぬところだったにゃ……何あれ？」

いや、君、上の網棚に逃げてたよね？

「奴隷船」

「笑えないにゃ……」

俺も自分で言って引いた。その後、会社に着くと、仕事を始めた。この日も自分の仕事に課長の小言、そして、部下の質問に答えていく。タスクをこなしつつ、デスクで丸まるミリアムを撫《な》でて心の平穏を保ちながら仕事をしていくと、昼になったのでミリアムを連れて、近くのビジネスマンの憩いの場である公園に行き、昼食を食べることにした。俺は人が少ない適当なところに腰かけると、こっそりルリが作ってくれた弁当を取り出し、食べ始める。

「お前、本当に仕事を辞めたらどうにゃ？」

「辞めたいよ。皆、そう思っている。でも、お金がないと生きていけないんだよ」

「うーん……それはわかるけど、そんなに魔法の才能があって、社会の家畜はにゃー……」

「現代ではその魔法がお金にならないんだよ」

マジシャン？　動画配信者？　それに加えて宅配業者や闇医者も思い浮かぶ。正直に言えば、お金になりそうなことは結構思い浮かぶのだが、どれも危ない気がする。

「大変にゃ……」

「地道にやるよ。それに以前ほど苦しくもないしね。今は家賃がかからないし、家に帰ったらルリやミリアムがいる。あのボロアパートで一人だった時と比べると、天と地だよ」

「山田……」

そう言って、ミリアムを撫でる。

「ありがとうよ」

実に触り心地がいい。

「………私のお昼ご飯は？」

忘れてた……すまぬ……

コンビニでミリアムの昼食を買ってやると、会社に戻って仕事を再開する。そして、七時くらいになったので帰ることにした。帰りも電車に乗り、家の最寄り駅に着くと、歩いていく。

「山田、ちょっと待つにゃ」

歩いていると、ミリアムが止めてきたので立ち止まった。

「どうしたの？」

「悪魔の匂いがするにゃ」

え？

「どこかに猫がいるの？」

「……違うにゃ。一言に悪魔って言っても様々な種がいるにゃ。だから猫とは限らないにゃ」

まあ、猫に悪魔のイメージはないしね。

「こっちの世界にもいるの？　もしくは、向こうから来た？」

「わからないにゃ。でも、悪魔は人に悪さをする。危険にゃ」

悪さ……

今朝やられた。

「寝ている人の顔に尻尾を叩《たた》きつけるとか？」

「それはお前が起きてこないからにゃ。ご主人様が遅刻しないようにする飼い猫の優しさにゃ。忘れたかもしれないが、私は悪魔は悪魔でもお前の使い魔にゃ。そういう悪さはしない。せいぜいつまみ食い程度にゃ」

　わる猫だ。

「ふーん……その悪魔って強い？」

「いや、そこまで魔力が多くないし、雑魚《ざこ》だと思うにゃ」

　その辺の基準がわからないんだよなー。

「行ってみた方が良い？」

「うん。確認がしたいにゃ」

「わかった。どっち？」

「あっちにゃ」

　ミリアムが尻尾で指示してきたので歩いていく。すると、住宅街にある公園に着いた。

「ここ？」

「ああ……あそこにゃ」

　ミリアムが尻尾で差した方向は公衆トイレだった。

「行ってみるけど、守ってね。俺はまだ新米の魔法使いなんだから」

「わかってるにゃ。この程度なら余裕にゃ。でも、お前がやってみるにゃ。慣れておいた方が良い」

　慣れ、か……

　俺はいつでも魔力を集中できるように心構えし、トイレに向かって歩いていく。そして、男子トイレの方に入ると、びっくりした。何故《なぜ》なら若い女性に抱き着く男の姿があったからだ。

　あ、マズい……男の方はやんちゃっぽいし、絡まれるわ。

そう思って、踵《きびす》を返そうとすると、男の方が俺を見て、睨《にら》んできた。

「あん?」

「あ、すみません」

何故か、とっさに謝ってしまう。

「チッ! 見られたか」

男はそう言うと、女性を放した。すると、女性がそのまま倒れ込んでしまう。

「え?」

女性は身体に力がまったく入っていないし、目を閉じていることから気絶しているように見える。

「見られたからには仕方がない!」

男はそう言うと、飛びかかってきた。

「くっ!」

男が俺の肩を掴《つか》んできたのでとっさに魔力を込めた膝《ひざ》を男の腹に当てる。

「ぐおっ! ……ぐっ!」

男の身体がくの字に折れると、両手で腹を押さえ、数歩、後ずさった。正直、場所が場所なため、お腹《なか》を壊した人にしか見えない。そう思うと、ちょっとおかしくなり、恐怖が一気に薄れていった。

「まだにゃ」

「え?」

声がしたと思ったらミリアムが近くで浮いていた。

え!? 浮けるの!?

「クソがっ！」

声がしたのでハッとなり、男を見る。すると、男が殴りかかってきていた。だが、その動きは随分と遅く見える。それが男にダメージがあったからなのか、俺が冷静になったからなのかはわからない。俺は手に魔力を込めると、冷静に男の腹部を殴った。

「ぐふっ……」

男はそのまま崩れ落ちるように倒れ、ピクリとも動かなくなる。

「ふう……」

動かなくなった男を見て、一息つくと、ミリアムが肩にとまった。

「悪くなかったが、詰めが甘いにゃ。ちゃんととどめを刺すまでは視線を切ったらダメにゃ」

いや、君が飛んでいたせいだよ。

「声をかけてくるからでしょ……というか、飛べるなら飛んでてよ。なんで肩にとまるの？」

「こっちの方がお前の癒やしになるかと思ったにゃ」

そう言われたので肩にいるミリアムを撫でる。

「確かに……」

アニマルセラピー……

「それより、また何か来たにゃ」

「え？」

どういう……

「動かないでください！」

女性の声がしたので振り返ると、長い黒髪をポニーテールにしている女子高生が立っていた。何故、女子高生かとわかったかというと、制服を着ているからだ。

「えーっと……」

何を言うか悩んでしまった。何故なら女子高生は刀を持っており、それを俺に向けているからだ。

「動かないで！」

いや、その……

「ここ、男子トイレだよ？」

大丈夫？

「え？　あっ……くっ！」

指摘された女子高生はトイレを見渡し、小便器を見て、顔を赤くしたが、すぐに俺を睨んできた。

あ、マズい……事案だ。これは非常にマズい。

「橘《たちばな》君、どうかしたのかね？」

今度はスーツを着た若い男がトイレに入ってきた。

「あ、桐ヶ谷《きりがや》さん」

本当に誰だろう？

「……………橘君、刀をしまいなさい」

桐ヶ谷さんとやらは俺を見て、倒れている男と女性を確認すると、橘とかいう女子高生を窘《たしな》める。

「え？　でも……」

「いいから……」

「は、はい……」

女子高生はトイレの出入口まで行き、お尻《しり》をこちらに向けたまま上半身をかがめた。ちょっと見えそうになったが、すぐに視線を逸《そ》らすと、女子高生が鞘《さや》と刀袋を取り、刀を納める。

「すみません。一体何があったんです？」

桐ヶ谷さんが聞いてくるが、こっちのセリフである。でも、なんか怖いから言わない。

「会社帰りなんですけど、トイレに寄ったらこの男に襲われましてね。そちらの女性も倒れているしで何が何やら……そうしていると、そちらの子に刀を向けられて……」

そう言うと、女子高生がものすごくバツの悪そうな顔をした。

「それは申し訳ない。実はその男は手配中の男でして……」

手配中？　何かしたのか？　いや、それよりもこの人、警察官か？

「あ、あの、警察の方ですか？」

「正確には違いますが、似たようなものと思ってください」

え？　じゃあ、そっちの女子高生は？　あ、もしかして、潜入捜査官……でも、何故に刀？

「あのー、いまいちわからないんですけど……」

「そうだと思います」

桐ヶ谷さんは腰を下ろすと、気絶している男に触れ、状態を見る。

「か、過剰防衛ですか？」

「いえ。ですが、ちょっとお話を聞いてもいいですか？　ここではなんですのでご同行願いたい」

うわー……三十五年間、真面目《まじめ》に生きてきたのに任意同行だー……

「今からですか?」

「はい。時間は取らせませんので」

そう言われても……

「すみません。電話をしてもいいですか?　家に小さい子を待たせているんです」

「構いませんよ」

遠回しに断ったんだが……

仕方がないのでスマホを取り出すと、祖父《じい》さんの家に電話する。すると、何コール目かで呼び出し音が止まった。

『もしもし、山田《やまだ》ですが?』

女の子の声だ。教えてないけど、ちゃんと電話に出られるらしい。

「もしもし、俺」

『タツヤさんですか?　どうしたんです?　あ、今日は煮魚ですよ』

おー、嬉《うれ》しい!

「ありがとうね。ただちょっと用事ができたから少し遅れると思う。先に食べてていいからね」

『そうですか?　タツヤさんも大変ですね。頑張ってください』

いい子だわ。この子とミリアムが俺の癒やし。

「うん、なるべく早く帰るから。じゃあ」

『はい。待ってます』

俺はスマホを切った。

「すみません。お待たせしました」

「いえいえ。こちらこそ申し訳ない。橘君、あとは任せるから応援を呼んでください」

「え？　私ですか？」

橘さんが驚いたように自分の顔に指を向けると、桐ヶ谷さんが倒れている女性を指差す。

「君がここにいた方が良い。わかるね？」

確かに被害者が女性なら同性がいた方が良いだろう。でも、制服は着替えなよ。

「あ、はい。わかりました」

「よろしく。では……えーっとすみません。まだ、お名前を聞いていませんでしたね」

「あ、私は山田と申します」

何となく名刺を渡した。

「どうも。私は桐ヶ谷です。では、どうぞ」

桐ヶ谷さんは名刺を見ると、胸ポケットにしまい、トイレから出ていく。俺もあとに続くと、公園の出入口近くには高そうな黒塗りの車が停まっており、桐ヶ谷さんはその車に向かって歩いていた。

「……山田、先に言っておく。さっきの娘もだが、あの男も魔法使いだ。気を付けろ」

え？

「どうしましたか？」

ハッとすると、桐ヶ谷さんが立ち止まり、笑顔でこちらを見ていた。

「あ、いえ。高そうな車だなーと思いまして」

そう言いながら早歩きで近づく。

「はは。たいしたことありませんよ」

車に詳しくない俺から見てもたいしたことあるようにしか見えないんだけどなー……

そう思いながらも歩いていき、車に乗り込んだ。出発し、そのまま外を眺めながら待っていると、三十分ほどでビジネス街に戻ってきてしまった。そのまま進んでいくと、とあるビルの地下駐車場に入っていき、車が止まった。

「どうぞ」

桐ヶ谷さんが扉を開けてくれたので車から降りる。そして、二人（と一匹）でエレベーターに乗り込むと、すぐに指定の階に到着したのでエレベーターから降りた。

「荷物を預かりましょう」

桐ヶ谷さんにそう言われたので持っていたビジネスバッグを渡す。

「ありがとうございます。では、そこの部屋でお待ちください」

桐ヶ谷さんが笑顔でそう勧めてきたので部屋に入った。中は狭い部屋に無骨なデスクが置いてある。そして、壁には何故か鏡が張ってあったのでなんとなく、鏡に触れてみた。

「こういうのがマジックミラーだったりするんだよなー」

そう言いながら髪の毛をちょこっとだけ弄ると、椅子に座った。

「……絶対に反応をするなよ？　本当にマジックミラーにゃ。向こうに二人の男女がいる。ちなみに、さっき髪を弄っていたお前のすぐ正面に女がいて、笑ってたぞ」

マジか……

俺は反応しないようにしながらその場で待っていると、桐ヶ谷さんが部屋に入ってくる。

「お待たせしてすみません」

桐ヶ谷さんはそう言いながら対面に座った。

「いえいえ。取調室みたいですね」

「こんな時間だと、ここくらいしか空いてないんですよ。すみません」

否定してよ……本当に取調室かい。

「いえ、貴重な経験ですよ」

「そう言ってもらえると助かります」

桐ヶ谷さんがニコッと笑う。

冗談だったんだけど……この人、笑顔だけど、目が笑ってなくて怖いんだよなー……

「では、先程の説明をしてもらえますか。ちょっとしたことでもいいので丁寧にお願いします」

そう言われたので時系列に沿って、順に説明していく。もちろん、魔力のことや悪魔のことは説明しない。単純にトイレに寄ったら襲われて反撃したという感じだ。

「なるほど……何というかツイてないですね」

「ええ。家に帰ってからトイレをすれば良かったです」

「何故、家に帰らなかったんです？」

え？　我慢できなかった……はマズい気がする。だって、あれから一時間近く経《た》っているけど、トイレに行ってないもん。

「えーっと、小さい子がいるって言いましたよね？　それが女の子でして……ほら、臭いって思われたくないじゃないですか。それで外でしてから帰ろうかと」

ちなみに、本当に心配だからトイレの消臭スプレーと芳香剤を買った。

「あはは。山田さんはおいくつです？」

「三十五歳になりましたね」

「気になってくる年ですね。私も四十手前ですから気持ちはわかります」

は？　この人、俺より年上？　二十代にしか見えんぞ。

「ええ……それでちょっと」

「わかります、わかります……ん？」

桐ヶ谷さんが笑っていると、部屋にノックの音が響く。

「失礼」

桐ヶ谷さんは立ち上がると、部屋から出ていってしまった。

「……ちなみに、私は臭いと思っていないにゃ」

いい子。帰ったらチュールをあげよう。

桐ヶ谷さんが戻ってくるのを待っていると、すぐに俺のカバンを持って戻ってきた。

「お待たせして申し訳ございません。これはお返しします」

「どうも」

ビジネスバッグを受け取ると、自分とパイプ椅子の背の間に置く。

「それと失礼ですが、こちらは？」

桐ヶ谷さんがそう聞きながら懐から茶封筒を取り出し、デスクに置く。

「んー？　ああ、それですか」

今朝、ポストに入っていたやつだ。

「宛先《あてさき》が山田タダシさんになっているんですが？」

「祖父ですね。先日、祖父が亡くなりまして、今は私が祖父の家に住んでいるんですよ。それで昼休みにでもそのタイマー協会さんに電話して、亡くなったことを伝えようかと思っていたのです。ちょっと昼に立て込んでしまったので無理でしたが、明日にでも電話しようかと思っています」

昼はミリアムの昼食を忘れちゃったりして、バタバタしていたのだ。

「そうですか……タダシさんがお亡くなりに……」

ん？

「ご存じなんですか？」

「そうですね……」

桐《きり》ヶ《が》谷《や》さんは懐から名刺入れを取り出すと、俺の前に名刺を置いた。それを手に取り、名刺を見てみる。そこにはタイマー協会という名称と共に【桐ヶ谷　亘《わたる》】という名前が書いてあった。

「えーっと、タイマー協会の桐ヶ谷……え⁉　あの、もしかして、こちらがタイマー協会ですか？」

「そうですね」

いや！　警察じゃないじゃん！

「あのー、警察では？」

「似たようなものと言いました」

言ってたけども……これ、一気に状況が変わったぞ。警察じゃないなら誘拐じゃん。

「えーっと……」

「説明が非常に難しいですね。しかし、警察と似たようなものというのは合っています。実際、警察と連携して事に当たることもありますしね」

意味がわからない……

「ハァ?」

「まあ、詳しく話すと長くなるのでそれは後日……それより、タダシさんがお亡くなりになられたのは本当でしょうか?」

「はい。急に倒れて、そのままです。まあ、もう九十歳でしたしね」

「そうですか……」

「あの、祖父とは?」

「うーん、そうですね……山田さん、お時間は大丈夫でしょうか?」

そう言われて、時計を見ると、すでに八時半だ。

「あー……すみません。明日も仕事がありますし、小さい子がいましてて……」

というか、お腹《なか》が空《す》いた。ルリが作った煮魚を食べたい。

「そうですよね。よろしければ、後日、ゆっくり話をしませんか?」

まだ話すのか……まあ、でも、祖父さんが関わっているっぽいしな。

「ええ。大丈夫です」

「でしたら次の土曜日にでもお邪魔してもよろしいでしょうか? お線香だけでも……」

祖父さんと祖母《ばあ》さんの仏壇は俺の部屋にある。

「ええ。ぜひとも。祖父も喜ぶと思います」

関係性を知らないけど。

「では、昼にでも伺いますので」

「場所は……わかりますよね」

封筒を送ってきてるわけだし。

「はい。それとすみませんが、これは預からせていただきます」

桐ヶ谷さんはそう言うと、茶封筒を懐にしまった。

「ええ。それは祖父宛《あて》ですしね」

「すみません。遅い時間にご協力頂き、ありがとうございました。ご自宅までお送りしましょう」

「いえ、電車で帰りますよ。桐ヶ谷さんも忙しいでしょうし」

「いえいえ。私もそのまま直帰するんで大丈夫ですよ」

あっ、そう……

俺とミリアムはここまで来た時に乗った車で、自宅まで送ってもらった。

「では、これで。本日はありがとうございました。それと土曜日によろしくお願いします」

桐ヶ谷さんは運転席からそう言うと、車を走らせていった。それを見送ると、家に入る。

「ただいまー」

そう言うと、奥からバタバタと駆けてくる音が聞こえてきた。

「おかえりなさい」

頬を緩めたルリが出迎えてくれる。

「遅くなってごめんね。あー、疲れた。変なのに巻き込まれちゃったよ」

「ホントだにゃ」

俺達はリビングに向かう。

「変なのですか？　あ、すぐに準備をしますので手を洗って着替えてきてください」

ルリにそう言われたので手を洗うと、部屋着に着替えた。そして、リビングに戻ると、夕食が用意されていたので座る。なお、ミリアムはすでに何かを食べていた。改めて料理を見てみると、今晩の夕食は白米に味噌汁《みそしる》、煮魚、ほうれん草の何かだ。

「ありがとうねー」

「いえ、何を飲まれますか？　お茶とビールとストゼロがありますけど」

少女の口からストゼロかー……違和感がすごい。

「お茶が良いな」

「はい！」

お茶を頼むと、ルリは嬉《うれ》しそうにお茶を準備しだす。そして、お茶を俺の前に置いてくれたので一口飲んで料理を食べだした。

「お茶もご飯も美味《おい》しいね」

「ありがとうございます。それで何があったんです？」

「帰り道にミリアムが悪魔を見つけたから倒したんだけど、なんか変な人達に連行されちゃった」

一番変だったのは女子高生。

「え？　大丈夫なんですか？」

「多分ね。その俺を連行した人が祖父《じい》さんの知り合いらしくてね。それで今度の土曜の昼に線香を上げにくるついでに話がしたいんだって」

「タダシ様のお知り合いですか……うーん、信用できる人だったんですか？」

「さあ？　でも、こっちの住所を知られているわけだし、下手《へた》に拒否するのは良くないと判断した。

とりあえず、話を聞いてみるよ」

なんなら名刺を渡したから職場まで知られている。

「なるほど……念のため、この家に結界でも張っておきますか？」

結界か。モニカさんが言っていたやつだな。

「やめておくにゃ」

ご飯を食べ終わったであろうミリアムが俺の足に乗って、止めてくる。

「なんで？　悪魔がいるし、安心じゃない？」

俺もそう思う。

「いや、あの橘《たちばな》とかいう娘や桐ヶ谷を魔法使いって言ったけど、さっきのビルには魔法使いの反応がいっぱいあったにゃ。多分、あそこは魔法使いの集まりにゃ」

マジか……

「このタイマー協会ってそういうところなのかね？」

コタツ机に置いておいた名刺を見てみる。

「貸してもらってもいいですか？」

ルリがそう言うので名刺を渡した。

「うーん、特に魔力の残滓《ざんし》もないですね……えーっと」

ルリはリビングの端にあるパソコンの前に行くと、電源を入れ、何かを操作し始めた。

「どうしたの？」

「いえ、ネット検索を………ヒットしませんね」

今時、ネットに情報がない？

「警察と繋《つな》がりがあるみたいなことを言ってたにゃ」

「そういえば、似たようなものとも言ってたね」

「警察……その方達は悪魔のいるところに現れたんですよね？」

「そうだね。トイレで悪魔を倒したんだけど、すぐに女子高生と桐ヶ谷さんがやってきた」

本当にすぐだった。

「もしかして、そういう悪魔を取り締まる組織があるんじゃないですか？　悪魔を取り締まろうとしたらタツヤさんが先にいた。だから事情聴取です」

ありえるなー。

「そんな組織、聞いたことないけど……」

「裏の組織ってやつでは？」

なんかかっこいいな。

「表立って行動はできないんじゃないかにゃ？　悪魔は種によっては普通の人には見えないし」

「なるほど……そうなると、話って何だろう？」

「お前、目を付けられたにゃ。魔法使いによっては魔力を探知できる者もいる。お前、ちょっと魔力が漏れてるし、可能性はあるにゃ」

魔力……

「ミリアムは？」

「私は上級悪魔にゃ。バレないにゃ」

上級さんだったのか……確かにこの毛並みは上級……

「まあいいや。話を聞いてからにしよう。結界もいいや…………ご馳走様《ちそうさま》」

食べ終わったので手を合わせる。

「お風呂《ふろ》を沸かしておきましたからお入りください。片付けはやっておきますので」

「悪いし、手伝うよ」

至れり尽くせりすぎる。

「大丈夫です……明日も頑張ってください」

ああ……色々あったけど、まだ月曜日かー……


月曜から事件が起きた俺だったが、その日以降も真面目《まじめ》に働き、夜も魔法の特訓をした。そして、土曜日になり、桐ヶ谷さんが来るのを待つことにする。すると、チャイムが鳴ったので玄関を開けると、スーツを着た桐ヶ谷さんが立っていた。

「こんにちは。どうぞ」

「お邪魔します」

桐ヶ谷さんを家に入れると、リビングに招く。

「先に線香を上げさせてもらっても？」

桐ヶ谷《きりがや》さんをリビングの隣にある自室に連れていく。部屋に入った桐ヶ谷さんは線香を上げ、手を合わせた。

「ありがとうございます」

「いえ……お知らせするのが遅くなって申し訳ありません」

俺達は部屋を出ると、リビングに戻る。そして、コタツ机の前に腰かけた。

「いえいえ、それで話とは？　実はあれからタイマー協会というのを調べてみたのですが、まったくわかりませんでした」

調べたのはルリだけど。

「そうでしょうね……お祖父様からは何か？」

「いえ、聞いておりません」

「なるほど……山田《やまだ》さん、あなたは悪魔というものを信じますか？」

本当に悪魔というワードが出てきたし……

「信じると言われても……」

「でしょうね。ですが、悪魔はいます。この前のトイレにいた男は悪魔にとり憑《つ》かれた男です」

あ、あの男自体が悪魔だったわけじゃないのか。

「なんだかエクソシストみたいですね」

そういうのをテレビで見たことがある。

「ははっ、そうですね。実は私はそのエクソシストです。そして、タイマー協会というのはそういう者達の集まりなのですよ。まあ、エクソシストではなく、退魔師と呼んでいますが……」

退魔師……タイマー協会……え？

「あ、あの……」

「皆まで言わなくて大丈夫です。皆さん、最初はそのような反応をします。私もしました。気付かれたでしょうが、タイマーとは退魔のことです。文句や苦情は最初にこの協会を立ち上げた今は亡き初代会長の墓前で言ってください」

あ、文句や苦情が多いんだ。そして、桐ヶ谷さんも納得してないっぽい。

「そうですか……」

「あまり驚かないんですね？」

事前に決めていたことが一つある。それは、魔力のことを隠さないということ。多分、もう勘付かれているからだ。

「この前の男は異常な力でした。それに私にも身に覚えがあります」

「続けてください」

「実はここ最近、妙な力に目覚めました…………笑わないでくださいよ？」

「笑いません。気持ちは痛いほどにわかります」

この人も誰かに話す時に今の俺と同じ気持ちだったんだろう。厨二《ちゅうに》っぽくて恥ずかしいもん……

これが十代ならまだしも三十代はちょっとね……

「身体《からだ》の中に何かを感じ、それを集中させると能力が上がったんです」

「なるほど、なるほど。それを使って、この前の異常な力を持っていた男を撃退したわけですね？」

「はい」

「素晴らしい。大変素晴らしい。単独で悪魔を撃破できる特別な力をお持ちだ」

営業だなー……俺が高校生なら有頂天になっていただろうが、こちとら三十五歳の係長だ。

「ありがとうございます」

「おや？　嬉しくない？」

「お互い、いい歳をしたおじさんですよ？」

「それもそうですね……」

なんか暗くなった。

「タイマー協会とはそういう退魔師の集まりで悪魔を倒しているという認識でいいですか？」

「そうなります。そして、本日、訪ねた理由は線香を上げさせてもらったことの他に山田さんの勧誘です。ヘッドハンティングです」

へ、ヘッドハンティング……！　サラリーマンの俺には特別な力よりも何倍も刺さる響き！

「し、しかし……私なんかが……」

チラッ。

「いえ、能力のある者はそれに相応《ふさわ》しいところで働くべきです。はっきり言いますが、あなたの今の仕事は別の者でもできるでしょう。ですが、この仕事はあなたしかできないのです」

や、やっぱり！

「ちなみにですが、もしかして、祖父も？」

「はい。所属しておられました。大変優秀な退魔師でしたね。私も色々と学ばせてもらいました」

大魔導士さんらしいからなー。

「やはりですか……」

「どうでしょう？　山田さんもその力を活用してみませんか？」

「うーん……そうですねー……」

チラッ。

「では、具体的な仕事の説明を致しましょう」

「お聞きします」

キリッ。

「まずですが、我々は国の機関になります」

あ、そうなんだ。いや、警察とも繋がりがあるって言ってたし、そりゃそうか。

「公務員ですか？」

「厳密にいうと違いますが、そう思っていただいて結構です。仕事は悪魔の退治。目撃情報等の連絡が来ますので基本はそれで動いてください」

まあ、どこに悪魔がいるかなんて普通はわからないしな。ウチには優秀な猫ちゃんがいるけど。

「わかりました」

「それで給料の話なんですが……」

待ってました！

「いくらくらいなんですか？」

「固定給で月に五十万円です」

は？

「あ、あの、五十万円ですか？」

「はい。これに加えて、悪魔を倒した査定が加わります」

歩合⁉　え？　ちょっと待って！

「あの、その月に悪魔を倒せなかった場合は？」

「残念ながら五十万円ですね」

残念⁉　この人、残念の意味をわかっているのか⁉　それはつまり、何もしなくても五十万円がもらえるってことだぞ！

「あの、それはいいんですか？」

「あ、一応ですが、強制依頼というのもあります。何かの非常事態やあまりにも仕事をしないところいうこともします。実を言うと、この茶封筒はその勧告だったのです」

そう言って、この家に届いた封筒を取り出した。

「あ、そういうことですか」

「はい。タダシさんはここ一年、何も成果がありませんでした。だからですね」

今時、茶封筒……あ、そうか、祖父《じい》さん、携帯を持っていなかったわ。

「あの、適度に悪魔を倒せばいいんですか？」

「そうなりますね。人には人のペースがありますから」

適当にやっていれば月給五十万プラスアルファか……

「それはすごいですね」

「話はまだ終わっていません」

「え？」

何が？

「この五十万円というのは最低ランクです」

「ランクと言いますと？」

「どのレベルの悪魔をどれだけ倒したかの査定があるんです」

つまり……出世！

「詳しく教えてください」

ドキドキ！

「我々には等級があります。わかりやすく九級から一級ですね。山田さんが入れば新人ですので九級からスタートです。これが先程の固定給五十万円の等級です」

最低で五十万円ってそういうことか。

「等級が上がれば固定給も上がるんですか？」

「そうなります。八級で八十万円です」

一気に三十万も⁉　俺の月給より上がってるぞ！

「そ、そんなに上がるんですか？」

「この程度で驚いてはいけませんよ？　七級で百万、六級で二百万、五級で三百万、四級で五百万、三級で一千万、二級で三千万です」

上がり方がヤバい！　これ年俸じゃないよね？　月だよね？

「あの一級は？」

そう聞くと、桐ヶ谷さんは何も答えずに人差し指を立てた。

「一億……」

すごい……

「あの、なんでそんなにもらえるんですか？」

「それほどまでに人材が足りないのです。これぱっかりは勉強しようが良い大学を出ようが関係ありません。高卒のプロ野球選手が何億ももらっているようなものです」

野球は知らんが、すごいことだけはわかった。

「す、すごいですね……」

「まだ終わっていません」

まだぁ⁉　まだあるの⁉

「え、えーっと？」

「歩合の話をしていません」

あ、歩合……

悪魔を倒せばプラスアルファ……

「どれくらいなんですか？」

「具体的な額はこの場では言えません。調査員が悪魔のランクを決め、その都度ですから。でも、これをお渡しします」

桐ヶ谷さんはそう言って、茶封筒を机に置き、差し出してくる。

「こ、これは？」

「先日、山田《やまだ》さんが倒された悪魔の褒賞金です。この話とは関係なくお受け取りください」

茶封筒を手に取り、中を覗《のぞ》いてみる。ひい、ふう、みい……一万円札が十枚入っていた。

「え？　こんなに？」

「あれは最低級の悪魔でした。ですので、それが最低の褒賞金です」

最低で十万……あのよわっちい悪魔で十万。

「ちなみに、他は？」

「私の話をすれば、先日、百万円の褒賞金を得ました」

「あ、あの、桐ヶ谷《きりがや》さんの等級は？」

「私は四級です」

つまりこの人は今月、固定給五百万円プラス褒賞金百万円で六百万円を得ている。いや、倒した悪魔が一匹とは限らない。

「どうです？　ハイクラス転職してみませんか？」

俺が中間管理職として頑張って得た年収をこの人は月給で軽く超すんだ……すごい……すごすぎる。そして、俺もここまでとは言わないが、給料を圧倒的に増やすすべがある。

「わ、私の祖父は？」

「あの方は七級でしたね」

あれ？　大魔導士様だよ？

「そんなものですか？」

「あまり熱心には働いていませんでしたから。実力は飛び抜けているように見えましたし、もう少し働いたらどうだと言ったことがありますが、他にやることがあるって言ってましたね」

あ、魔法の研究か。でも、これで祖父さんの謎の金の出所がわかったな。タイマー協会で適当に稼ぎ、魔法の研究をしていたんだろう。

「なるほど……」

「今日は説明だけでもと思っています。今後の人生に関わることですし、ゆっくり考えてもいいでしょう。良いことだけを言ってますしね」

「すみません。悪いことも聞いておきたいです」

実際、金に目がくらんでいる自覚はあるし。

「では、説明します。と言っても、よく考えればわかることです。相手は悪魔。すべての悪魔がこの前の悪魔のように弱いとは限りません。下手《へた》を打てば死にます。そして、こういう職種ですので死んでも協会は責任を取りません」

給料が高い理由か……

「ですよねー……」

「あなたには小さい子がいます。年齢のこともあるでしょう。その辺も考えて答えを出してください。結論は急ぎません」

そうだな……冷静に考えないといけない。こういうことは一度持ち帰って検討すべきだ。

「はい。わかりました。よろしくお願いします」

ん？

「はい？」

「退魔師として頑張りたいと思います！」

あれ？

「も、もう決めるんですか？」

「はい！　揺るぎません！」

おい……俺、どうした？

「わ、わかりました。では、そのように進めます」

「よろしくお願いします」

考えていることとしゃべっていることが違うぞ？　どうなっている？　まさか、悪魔のせい⁉

「にゃー……」

ミリアムの鳴き声がしたので見てみると、ものすごく悲しいものを見る目で俺を見ていた。ハッと思い、後ろを振り向くと、ルリが扉を少しだけ開け、ものすごく悲しいものを見る目で俺を見ていた。

その後、いたたまれない空気の中、色んな書類に名前を書くと、桐ヶ谷さんは帰っていった。

「山田ぁ……」

「タツヤさん……」

桐ヶ谷さんを見送り、一息つくと、ミリアムとルリが近づいてくる。

「言いたいことはわかっている……でも、何故《なぜ》か口が勝手にしゃべりだしたんだ」

何故だろう？

「山田、休め……」

「タツヤさん、ストゼロを……」

ミリアムが俺の膝《ひざ》の上に乗り、ルリが背中をさすってくれた。でも、ストゼロはいいや。

「相談もせずに勝手に決めたけど、二人はどう思う？」

「私は良いと思います。単純にお給料が上がりますし、時間に余裕ができると思いますから」

ルリは賛成か。

「私も賛成にゃ。話を聞いている途中から良いと思っていたから勧めるつもりだったにゃ」

「どの辺？」

「ルリも言ったけど、お金と時間に余裕ができるところにゃ。この二週間、お前と暮らし、そして、この前は仕事場にもついていったけど、お前は忙しすぎるにゃ。ジジイの後を継ぐっていう話もそもそもそんな時間がないにゃ」

まあ、ないかも……ルリに魔法を教えてもらったり、寝る前に本を読むくらいだ。

「悪魔は何とかなりそうかな？　俺はその辺がわからない。ミリアムが探知できそうだったから最悪、勝てない相手は逃げればいいかなと思っていたんだけど」

「それでいいにゃ。私が賛成するもう一つの理由にお前の魔法のスキルを実戦で上げられると思ったからにゃ」

確かに……危険だが、上級の猫さんがいるし、どうにかなるだろう。

「俺ができると思う？」

「できるにゃ。お前の魔力は多い。祖父さんもそう言ってたし、私もそう思うにゃ」

「祖父《じい》さんが？」

「そうにゃ。祖父さんはお前がとてつもない魔力を秘めていると褒めていたにゃ。だからお前を後継にしたんだにゃ。単純な魔力だけなら山田の方が祖父さんより上にゃ。足りないのは経験だけにゃ」

ミリアムはその経験を得ようと言っているわけだ。

「魔法のスキルを上げつつ、お金が入るわけか……」

「そうにゃ」

俺はコタツ机の上にある茶封筒を手に取る。中には確かに十万円が入っていた。

「俺はこれを稼ぐのに約十日かかる」

「この前は一分にゃ」

すごい！

「ルリ、スーパーに行って、一番高いお肉を買ってきてくれる？」

ルリに茶封筒を渡す。

「良いのですか？」

「今まで豚こまともやしばかりでごめんね……」

そう言いながらルリの頭を撫《な》でる。

「いや、普通に鶏肉も魚も野菜も買ってますけど……」

「成長期なのにごめんね……」

食べ盛りなのに。

「は、はぁ？」

「これからはお菓子も買っていいからね」

「それは買ってますけど……」

ルリ、チョコ菓子が好きだもんね。

「これからは好きに買っていいから」

「わ、わかりました。じゃあ、今日はすき焼きにします」

「豚こま？」

「ぎゅ、牛肉です」

すごい！

「おーい、帰ってくるにゃ、庶民」

「実際、庶民だからね。よーし、月曜にでも辞表を出そう！」

さようなら、係長。

「タツヤさん、転職されるのはわかりましたが、そうなると例の件はどうしましょうか？」

ん？

「例の件って？」

「村長さんの後を継ぐ話です」

あー……それがあったか。

「確かに時間はできたね。どうしよっかー……」

「私は賛成にゃ。村長になって、いずれは貴族になるにゃ」

めんどくさそう……

「惹《ひ》かれないなー……もっと穏やかに生きていきたいよ」

貴族ってなんか政争とか騙《だま》し合いのイメージがある。

「でしたらご自分の理想の村を作るという発想はいかがですか？」

ルリが提案してくる。

「理想？」

「はい。タツヤさんはスローライフな生活が良いんですよね？　でしたらそういうことができる村をお作りになればよろしいかと……それでゆっくりしつつ、魔法の研究をし、たまにお金を稼ぐためにこっちの世界の悪魔を倒す…………もちろん、私もミリアムもお手伝いします。どうでしょうか？」

悪くない……癒やしてくれる猫さんとルリがいるし、素晴らしいスローライフが想像できる。

「俺さ、こういう都会で生きていくより田舎《いなか》でゆっくりと生活していきたいって思ってたんだよ」

「良いと思います」

「でも、祖父さんから家をもらったし、その夢も潰《つい》えたと思っていた。もちろん、この家に不満があるわけじゃないよ？」

「わかります。でも、家は二つあっても良いと思います」

そうだ。俺の夢というのは田舎でゆっくり暮らすこと。しかし、便利な都会生活を捨てたくないのもわがままな思いとしてある。本来は両立することはできない夢だが、扉をくぐれば自然豊かな異世界に繋《つな》がっているのだ。

「例えばだけど、平日はこっちで暮らし、休日は向こうの村で作ったセカンドハウスで過ごすってどう思う？」

「良いと思います」

だよね？

「やってみるか……」

可愛《かわい》いルリとミリアムと共に都会の便利さを享受しつつ、スローライフをしてみるか！

「お手伝いします！」

「ありがとう。でも、村長か……ノウハウを知らない俺にできるかな？」

「私はもちろん、村長さんもモニカさんも支えてくださいます。いきなり大きな町を統治しろというわけではなく、三十人程度の小さな開拓村ですから大丈夫かと」

確かにそうかもしれない。三十人ならちょっとした親戚《しんせき》の集まりで集まる程度の数だ。

「自然に囲まれ、昼に釣りをし、夜に露天風呂《ろてんぶろ》に入る……いいかもしれない」

空を見上げれば満天の星だ。

「お背中をお流しします！」

「私は風呂《ふろ》嫌いにゃ。魔法で綺麗《きれい》になるにゃ」

君は入りなさい。

「やってみるか……」

祖父さんも後悔のないように楽しく生きるべきって言っていた。

「良いと思います！」

「係長から村長にランクアップにゃ」

これもハイクラス転職か！

「よーし、今日はお祝いだ！　ルリ、買い物に行こうか」

「はい！」

俺達はスーパーに行くと、高い牛肉を始めとするすき焼きの具材とちょっと奮発してプレミアムなビールを買う。家に戻ると、魔法の訓練をしつつ、会社を辞めるための準備を整えた。そして、夜になると、ルリが作ってくれたすき焼きを食べる。

「美味《うま》いにゃ」

猫って、すき焼きを食べてもいいんだろうか？　まあ、上級さんだから大丈夫か。

「美味《おい》しいですね」

ルリは甘いものが好きだし、美味しいだろう。でも、生卵を食べられるのはちょっと意外だ。

「本当にね。これが本物か……」

すごく美味しい。白滝ですら味が染みて美味しい。

「タツヤさん、どうぞ」

ルリがそう言って、グラスにプレミアムなビールを注いでくれる。

「ありがとうね」

グラスに口をつけると、一気に飲み干す。

「これが発泡酒ではない本物か……」

うん……なんか違う……悲しいかな、俺の舌と喉《のど》は発泡酒をビールと思っているから本物のビールを飲むと、ビールとは思えなくなっているのだ。まあ、美味いけどさ。

俺達はその後もすき焼きを満喫していった。

第二章　新たなる生活

お祝いですき焼きを食べた翌日の日曜日。この日は朝からあっちの世界に行くことになっていたので、日曜だというのに平日と同じいつもの時間に起きた。だが、辛《つら》いとは一切、思わない。気持ちが非常に楽になっているからだ。俺達は朝ごはんを食べ、例の扉を抜けると、異世界の家に来る。そして、家を出ると、村にやってきた。村では相変わらず、皆が頑張って働いている。この人達の人生を預かるのはプレッシャーな気もするが、そこまで深く考えなくてもいいと自分に言い聞かせ、村長さんの家に向かった。村長さんの家に入ると、先週と変わらず、村長さんがモニカさんと話をしていた。

「おはようございます」

「おー、タツヤ殿にルリ、それにミリアム」

「おはようございます」

挨拶《あいさつ》をすると、村長さんとモニカさんも挨拶を返してくる。

「村長さん、腰はどうですか？」

「いや、非常に良くなった。ありがたい限りです。それで今日はいかがなされたのかな？」

「先週の件です。若輩者ではありますが、村長の件をお受けしようかと思いまして」

「おー！　本当ですか！」

村長さんが少しオーバーに喜ぶ。

「はい。ですが、私は経験がありません。村長さんとモニカさんにも協力してもらうかと思います」

「それはもちろんですとも！」

「私もお力添えをします」

二人は笑顔で頷《うなず》いてくれた。

「ありがとうございます。早速ですが、まずは何をすれば？」

「まずは村を見て回って、皆に顔を覚えてもらってください。時期を見て、私が皆に伝えます」

いきなり村長が代わるよりそれがいいか。

「わかりました。私もそうしようと思っていましたので」

「では、お願いします」

村長に頭を下げられたので俺も下げ返すと、家を出た。そして、村を巡っていく。村を見渡しながら歩いていくと、ほとんどの人に声をかけられた。おそらく、極端に娯楽が少ないため、知らない俺が珍しいのだろう。俺は自己紹介をしつつも、村の問題点を確認していく。村の人々は皆、明るく元気があり、色々な話を聞くことができたし、顔を売ることもできた。そうやって村を見て回っていき、問題点や人々の名前や仕事をスマホにメモしていく。そして、あらかた見て回ったので最後に森と村の境界線を見に行くことにした。

「この木々を伐って畑にするわけか……」

そう言いながら太い木の幹に触れる。

「そうなります。やはりそれが一番の重労働ですね」

確かに木を伐るのは難しい。それに伐ったとしても根を掘り出さないといけない。

「なるほどな……」

俺は最後に伐根が大変とメモすると、スマホをポケットにしまった。

「だいたいわかった。今日は帰ろうか」

「わかりました。では、戻りましょう」

俺達は家に帰ると、一息つく。そして、今日見聞きしたことをまとめると、魔法の修業をした。


翌日、この日は月曜のため、出社しないといけない。だが、俺の目は先週のように死んではいないと思う。俺は会社に着くと、すぐに部長のところに行き、退職する旨を伝えた。すると、すぐに別室に連れていかれ、引き止められたが、既に別の職が決まっていることを伝えると、渋々、了承してくれた。とはいえ、引き継ぎ等もあるからすぐに辞めることはできない。この週は引き継ぎ、さらには新しい職場であるタイマー協会で仕事の説明を受けつつ、異世界の村のことを考えるという非常に忙しい日々を過ごした。土日は村に顔を出し、村民と話をしたりしながら親睦《しんぼく》を深めていく。その翌週も先週と同じように引き継ぎ等をしていると、ついに金曜日になった。この日が俺の退職の日であり、同僚達が送別会を開いてくれたため、ルリに夕食はいらないと伝え、飲みに行く。飲みの場では次の職場のことなどを根掘り葉掘り聞かれたが、すべて曖昧《あいまい》に返事をし、誤魔化《ごまか》した。そして、飲みを一次会で終えると、家に帰り、ルリが淹《い》れてくれたお茶を飲んで一息つく。

「悪いね」

「いえ、長い間、お疲れ様でした。明日からは違う人生が始まりますが、このルリがタツヤさんをお支えしましょう」

ルリがそう言って、背中にそっと触れた。この少女は人間ができすぎている気がする。

「ありがとう」

ルリの頭を撫《な》でると、ルリが嬉《うれ》しそうな顔になる。すると、段ボール箱の中からミリアムが飛び出し、俺の膝《ひざ》の上に乗った。

「ミリアムもよろしくな」

ミリアムの背中を撫でる。相変わらず、素晴らしい毛なみだ。

「任せるにゃ。そうだ！　お疲れ様会をするにゃ」

「そうですね。ストゼロを持ってきます」

ルリがそう言って、ストゼロを持ってきてくれる。

「ストゼロかー……」

飲んで帰ってきたんだけど……

「山田《やまだ》のちょっと良いとこ見てみたい」

おい……

「なーんで持ってるの？」

ルリ……

「ストゼロではやめてよ……」

君ら、普段、昼間に何してんの？

翌日、俺は土曜日なのに早めに起きた。ストゼロを飲んだからちょっと頭が痛いが、こういうのも回復魔法でどうにかなるので普通に朝食を食べ、食後のコーヒーを飲む。

「じゃあ、異世界の村をどう発展させるかを考えていこうか」

理想のセカンドハウスを作るのが目的だが、その前にあの村をどうにかしないといけない。

「はい」

「わかったにゃ」

「まずだけど、村長って何をすればいいと思う？」

こういうのはルリだろうと思い、ルリを見る。

「あちらの世界の村はこちらの世界の村長のように決まった仕事はないでしょう。悪い言い方をすれば独裁でも構いません。要はタツヤさんが好きになさればいいと思います」

えー……

「それ、いいの？」

「さすがに限度がありますけどね。そのためのモニカさんです。だから逆に言うと、モニカさんをどうにかすれば独裁も可能なんです。あそこは辺境で王都からも離れていますからね」

あくまでもそういうことも可能ってことね。

「そこまではしないかなー。リスクが大きいし、権力に興味もない。大都市じゃなくてもいいよ」

「そこです。まずはどういう村にしたいかを考えるべきでしょう」

なるほどねー。

「どういう村か……普通に暮らせる安全な村かな」

「ふむふむ……」

ルリがタブレットにメモしていく。このタブレットは仕事用に買ったものだが、もう使わないのでルリにあげたやつだ。ちゃんと活用してくれているようで嬉しい。

「普通っていうのはどっちの普通にゃ？　こっちの世界の普通は向こうの世界ではハードルが高いにゃ。魔法や魔道具はあるけど、電気も水道もないにゃ」

「そういえば、異世界の村をあそこしか知らないな……魔道具って何？」

「こっちの世界の水道や電灯みたいなことができるものにゃ。例の扉の先の家にもあるにゃ」

そういえば、あったな。よく考えたらあの家は異世界なんだから水道も電気もない。

「ルリ、そういうのを配置できないのかな？」

「できますけど、高いですよ？　大きな町にはありますけど、田舎《いなか》の村にはありません」

「なるほどねー。あっちでもお金か。お金を得るには農業かなー？」

「ですね。他にもあるかもしれませんが、まずはそこです」

「こっちの世界の物を売るのはどうにゃ？　砂糖とか胡椒《こしょう》とか売れないかにゃー？」

大航海時代には胡椒が金と同額で売れたとかなんとか……

「出所不明なものは危ないような……でも、こっちの世界の種を持ち込んで育てるのは良いかもしれません。生えてたから育てたと言い張ればいいわけですし」

環境的にいいんだろうか？　外来種もいいところだが……

「とりあえず、それも候補に加えておこう」

ある程度、実験する必要があるだろうな。

「わかりました」

ルリがメモをしていく。

「じゃあ、お金を作って向こうの世界の町くらいにする感じでいいにゃ？」

「だねー。まあ、そこまで発展しなくてもいいと思うけど、その辺りは村民の意向もあるからどこまでかは保留。少なくとも、今の状態はちょっとね……」

正直に言えば、きつい。スローライフできない。

「そうなると、ある程度の発展を目指すにゃ」

そうなるね。地道に一歩ずつだ。

「では、次に村を見て回って気付いた課題ですね」

「だね。ルリはどう思った？」

「すみません。全部です。労働力、生産力……いつ滅びてもおかしくないレベルです」

だよねー。俺もそう思う。

「一番の課題は畑の少なさだと思う。三十人を賄えているのかね？」

「いえ、国からの援助ですね。最初はどうしたって何も生産できませんし、飢えてしまいます」

開拓事業だし、補助金か。あの感じだとそれも多くないんだろうな。

「援助っていつまで？」

「三年と聞いています。あの村ができて、もう二年ですのでそろそろ打ち切りかと」

一応、三年ほど様子を見て、ダメだったら打ち切って解散か。

「このままだとマズい？」

「多分……見込みがあれば延長とかもあるんでしょうけど、そんな感じには見えません」

「じゃあ、具体的にはどうしようか？」

「まずは生産力の向上からですね」

「生産力か－……」

ゲームみたいだな。ただ、実際に三十人の命を預かっているわけだからゲームとは言えないけど。

「木を伐って領地を広げる作業なんかは魔法でやるにゃ。風魔法で伐って、土魔法で根をほじくりかえすにゃ。すぐにゃ」

「できるの？」

「ルリに教えてもらうといいにゃ」

俺がやるのか……いや、これも魔法の鍛錬だな。

「そうするか……あと、気付いたんだけど、あっちの世界って鉄が少ないの？　斧《おの》は金属製だったけど、クワとかは木製だったよね？」

あれでよく作業ができるなと思った。

「別に少ないわけではないですよ。ただ辺境にまで届かないということです。多分、あれらは自前で作った物だと思います」

伐採、伐根はもちろん、畑を耕したり、家を作るのも大変なんだろうな。

「ホームセンターに行って、その辺を用意するか……」

ちょっと費用がかかるが、ずっと使える物だから良いだろう。そこまで高い物じゃないし。

「そうですね。貯金は大丈夫ですか？　退魔師の収入は来月以降ですけど」

「さすがにそのくらいはあるよ」

彼女もいないし、趣味も釣りかソシャゲ程度の一人暮らしだったから多少の余裕はある。しかも、最近は釣りにも行けてない。

「では、ホームセンターに行ってみましょうか」

「そうだね」

俺達は家を出ると、朝からホームセンターに向かうことにした。そして、クワ、スコップ、鎌、それに農薬と肥料、さらには適当な野菜の種を購入し、家に戻る。

「お昼ご飯にしましょう。作りますので待っていてください」

ルリがそう言って、キッチンの方に向かう。すると、ミリアムが俺の膝の上に乗って、丸まった。

「もう少し寒くなったらコタツを出してやるからな」

そう言いながら撫でる。

「ありがとうにゃ」

可愛《かわい》い子。子供の頃から猫が飼いたかったんだ。

「……ねえ、ミリアム？」

声のトーンを落とした。

「……何にゃ？」

ミリアムも察して声のトーンを落とした。

「ホムンクルスって何？」

「んー？　人造人間だけど、お前の聞きたいことはわかってるにゃ。ルリは魔法で作り出された人工生命体にゃ。でも、他の人間と何かが違うわけじゃないにゃ。普通に成長するし、普通に死ぬ」

あ、成長するのか。それに死ぬんだ。

「寿命は？」

「普通？　百年くらいじゃないかにゃ？」

俺達と変わらないのか……そうなるとただの子供だな。

「本当に祖父《じい》さんの隠し子とかじゃないよね？」

それだとゆゆしき事態だ。

「ないにゃ。全然、似てないじゃないか」

「まあ、確かに……」

「ホムンクルスはその気になればお前でも作れるにゃ。作り方ならルリが教えてくれるにゃ」

「弟か妹を増やす感じ？」

製造者が違うのに弟か妹という表現で合ってるかはわからない。

「まあにゃ。でも、そんなことをしなくても人間を作るのは簡単…………ごめんにゃ」

おい……何故《なぜ》、謝る？　何故、目を逸《そ》らす？

その後、ルリが作ってくれたうどんを食べ終えると、異世界の村に行くことにし、例の扉を抜けて研究室と名付けた家を出ようとしたが、ふと、俺の足が止まる。

「どうしました？」

「トイレにゃ？　待つよ？」

ルリとミリアムが首を傾《かし》げながら聞いてきた。

「いや、あれで肥料の効果が上がらないかなと思って」

そう答えながら例の炊飯器を指差す。

「うーん、どうでしょう？　さすがにやってみたことはありませんし」

「まあ、やるだけならタダにゃ。半分くらいなら試してみても良いと思うにゃ」

やってみるか……

俺は作業台まで行くと、微妙に匂いのする肥料を取り出し、開けてみる。すると、何とも言えない匂いが漂ってきた。

「にゃー……にゃー……」

「ミリアム？　大丈夫？」

鼻の良いミリアムが素の猫に戻ると、微妙に鼻声のルリが抱いているミリアムを揺らす。可哀想《かわいそう》にと思いながら炊飯器に肥料を入れ、蓋《ふた》を閉めると、魔力を込めた指でスイッチを押した。すると、例の音楽が流れたので蓋を開けてみる。

「あれ？　特に変わってないな……まあいいか。ルリ、悪いけど、ゴミ袋でいいから袋を持ってきてくれる？」

「わかりました」

鼻呼吸をやめているルリが鼻声で答え、あっちの世界の家に戻っていくと、すぐにゴミ袋を持ってきてくれたので改良した肥料を入れ、空間魔法で収納する。

「終わったにゃ。外に出るにゃ。行くにゃ。臭いにゃ」

やけに、にゃーにゃー言うミリアムが急《せ》かしてくるので外に出ると、村に向かう。そして、村長さんの家に行くと、モニカさんもおり、村長さんと何かを見ながら話し合っていた。

「こんにちは」

声をかけると、二人がこちらを見る。

「おー、タツヤ殿。こんにちは」

「こんにちは」

二人が笑顔で挨拶《あいさつ》を返してきた。

「何をしておられたのですか？」

「今月の収入と支出なんかを計算しておりました」

「どうです？」

そう聞くと、二人の顔が若干、暗くなった。

「正直、あまり芳《かんば》しくありません。ここは川があるので水は豊富なのですが、どうも作物が育ちにくいようでして」

川はあるのか……水が豊富なのはいいな。釣りもできるし。

「ルリに来年には援助が打ち切りになるだろうと言われたのですが、実際、どんな感じです？」

「隠すようなことではないですし、村長をお願いしたからには隠しません。正直、厳しいかと……」

やっぱりか。

「私の方でも延長を申請してはいるのですが、他にも開拓村はありますし、ここがダメなら別のところを開拓したいというのが上の考えのようです」

モニカさんが説明してくれる。

「そう考えるのもわかりますね」

国だって慈善事業をしているわけではないのだろうし。

「どうしたものかのう……」

「村長さん、実は私、お手伝いできることがないかと思い、道具をお持ちしました」

「道具？　魔道具ですかな？」

あ、俺、魔法使いか。

「いや、そこまでの物ではないですが、これです」

俺は空間魔法で昨日買った物を取り出す。さすがに家の中なので肥料はやめた。

「こ、これは鉄でできた農具ですか？」

「随分と質が良いように見えますね」

村長さんとモニカさんがまじまじとクワ、スコップ、鎌を見る。

「祖父の家に材料がありましたので作ってみました。私も若輩とはいえ、魔法使いなもので」

ということにしておく。異世界のことは面倒だから言わない。

「これを作ったのですか……」

「すごい技術ですね」

本当に現代の技術はすごいよね。

「少しでもお役に立てればと……これはお試しでして、使ってみて、良ければもう少し数を用意しようかと思っています」

「なるほど……それはすごい。早速ですが、試してみましょう」

村長さんがそう言ったので俺達は家を出て、畑の方に行ってみる。

「コーディー、ちょっといいか？」

村長さんが畑仕事をしている若い男に声をかける。この人は夫婦で開拓事業に参加している二十代後半の人だ。

「何だい、村長さん？　それにモニカに山田《やまだ》さん達もいるじゃないか」

「実はタツヤ殿が農具を作ってくださったから試したいと思ってな」

「農具？」

コーディーさんが首を傾げると、村長さんが俺をちらりと見てきたので空間魔法から農具を取り出し、地面に並べた。

「クワ、スコップ、鎌ですね」

「鉄か！　それはありがたい！　ありがたいんだが、上等すぎないか？　輝いているんだが……」

新品の農具達は太陽の光を浴び、キラリと輝いていた。

「タツヤさんはそれほど優れた魔法使いなのです」

「そうにゃ、そうにゃ」

ルリとミリアムが勢いで誤魔化《ごまか》そうとしている。

「へー……大魔導士様はすごいんだなー」

俺も大魔導士様になってる⁉

「とりあえず、使ってみてくれんか？　良ければ数を用意してくださるそうじゃ」

「使わなくても良いものってわかるけどなー……」

コーディーさんはクワを手に取ると、振りかぶって畑に向かって振り下ろした。

「おっ！　すげー！」

コーディーさんは機嫌よくどんどんと畑を耕していく。

「どうじゃ？」

「土への入りが全然違う。持ちやすいし、こりゃすげーわ」

「他のも試してみてくれ」

村長さんが勧めると、今度は鎌を手に取り、その辺に生えている雑草を刈っていく。

「これ、武器にできるな。切れ味がすごいわ。これならウチのガキでもできる」

コーディーさんは子持ちだ。その辺で追いかけっこをしている男の子がそう。

「最後にこれを試してくれ」

村長さんがスコップを手渡すと、コーディーさんがスコップを使って穴を掘っていった。

「いや、すごい！　どれも本当にすごいぞ！」

使えそうだな。

「うむ。タツヤ殿、良さそうですな？」

村長さんもそう思ったらしい。

「では、これらを十セットほど用意しましょう」

「そんなに⁉」

貯金を崩すことになるが、仕方がないだろう。この村の存続がかかっているし、時間があまりない。今後、取り戻せるだろうし、これは投資だ。

「ええ。来週くらいには持ってきましょう」

「助かります！」

村長さんが頭を下げたので農具を託し、次の作業に移ることにした。

「コーディーさん、ちょっと畑の一角を借りても良いですか？」

「まだ何も植えてないからいいけど、何をするんだ？」

「ちょっと実験です」

そう言って、例の肥料を取り出す。

「んー？　肥料か？」

「ええ。ちょっと作ったんです」

「大魔導士様は多芸だな」

大魔導士様じゃないよー。

「試しですよ」

「貸してみろ。俺がやる」

そう言われたのでプロに任せようと思い、肥料を渡す。すると、コーディーさんが手際よく肥料と土を混ぜていった。

「上手ですね」

「そりゃな……よし、こんなもんだろう。何を植える？」

「あ、じゃあ、これで」

俺はホームセンターで買った大根の種を取り出し、蒔《ま》いていく。

「水をかけましょう」

ルリがそう言うと、手からシャワーみたいな水が飛び出してきた。なんか可愛《かわい》い。

「じゃあ、これでちょっと様子を見てみよう。次は森かな？」

「森ですか？　何かあるんです？」

村長さんが聞いてくる。

「魔法で木を伐ろうかと思いましてね。私は修業中の身ですからちょっとそういう魔法を練習しようと思っているんです。ついでに畑も広がるし、一石二鳥でしょう」

「ほうほう。それはありがたいですな」

「そういうわけでやってきます。どこを伐った方が良いですかね？」

「でしたら村の西の方をお願いします」

村長さんがそう言って、右の方向を指差した。

「わかりました。では、行ってきます」

「あ、私もついていっていいですかね？　大魔導士様の魔法を見てみたいです」

これまで一言も発せずに作業を見ていたモニカさんが聞いてくる。

「構いませんよ」

「ありがとうございます」

俺達は村長さんが言っていた西の方に向かう。そこはまだ畑を作っていない荒れ地のようでいくつかの切株も残っていた。

「切株が大変だろうね……」

「そうですね。人力でやるか馬か牛ですかね？」

「いるの？」

「見当たりませんね」

ルリがキョロキョロと周りを見渡す。

「この村に牛や馬はいませんね。中々、申請が通らなくて……」

モニカさんが申し訳なさそうに言う。

「あのー、ここって全然、期待されてなかったりします？」

「……はい。ここに限らずですが、この大森林は木が太くて強いんですよ。なのでダメで元々なんです」

やっぱりか。

「まあ、なんとかしましょう。最低でも村は維持したいし」

「よろしくお願いします」

モニカさんが頭を下げた。

「ルリ、どうすればいいの？」

ルリ先生にやり方を聞く。

「まず、結界を解除する必要がありますね。この村の周囲にはモニカさんが張った結界があります」

「どこ？」

そんな結界は見えないが……

「えーっと……あれ？」

ルリが森との境界線まで近づいたので俺達も続く。

「あ、ありました！　これが結界……です」

そう言われたのでよーく見てみると、非常に薄い魔力の膜があるような気がした。

「な、なるほど。これで魔物や獣の侵入を防ぐわけだね」

「そうですね。獣は防げると思います」

ルリが言い直した。

「すみません……私にはこれくらいしか……」

モニカさんがずーんと沈んだ。

「いえいえ！　結界を張れるだけでもすごいですよ！」

「そうですよ！　魔法を使えるだけでもすごいことです！」

ルリと一緒にフォローする。

「いいんです……落ちこぼれなんで」

暗い……コンプレックスなんだろうなー……

「ルリ、木を伐ろうか」

「そ、そうですね。では、結界を……モニカさん、解いて頂けますか？」

「はい……」

モニカが手を掲げる。

「…………終わりました」

え？　何か変わったか？　結界が薄すぎてわからない……

「ありがとうございます。では、木を伐る作業に入りましょう。まずですが、魔法使いからしたら木を伐ること自体は簡単です。モニカさんにもできるでしょう」

そうなんだ。

「すみません…………私、回復魔法やこのレベルの結界を張るくらいしか……」

…………………。

「……人には得意不得意がありますしね」

ルリがあからさまにしまったという顔をした。

「私に得意なことがありますかね？」

「え？　えーっと…………胸が大きい？」

まあ、初めて会った時から大きいなと思っていたが、それは得意で合ってるのか？

「魔法じゃない…………」

あ、落ち込んじゃった。

「ウチの子がすみません……」

こら！　めっ！

「いえ、いいんです……」

俺からしたら結界はよくわからないが、回復魔法を使えるのは十分にすごいと思えるんだけどなー。多分、嫌味になるから言わないけど。だって、俺も使えるし。

「すみませんでした……」

「ルリ、続きを」

「はい……えーっと、木を伐るのは攻撃魔法を使います。エアカッターなんかがその代表です」

エアカッター……確か祖父《じい》さんの本に書いてあったな。風の刃《やいば》を飛ばす魔法だ。

「それを使えばいいの？」

「はい。それと空間魔法を併用するのです」

ルリはそう言うと、木に触れる。

「併用ねー」

言っていることはわかる。空間魔法では埋まっている木だけを収納することはできないから魔法で伐って、すぐに収納するんだ。

「こうやります」

ルリがそう言うと、あっという間に木がなくなった。

「へー……」

ルリがエアカッターと空間魔法を同時に使ったのだ。これまで色々修業していたからか俺にもわかった。

「やってみてください」

ルリにそう言われたので木に触れた。そして、エアカッターを放つと同時に空間魔法で木を収納する。すると、さっきと同じように一瞬で木が消えたかのように見えた。

「おー！　できた！」

「さすがです」

ルリが褒めてくれる。だが、モニカさんは信じられないものを見る目で俺達を見ていた。

「同時魔法……しかも、無詠唱…………ここまで来ると、もはや嫉妬《しっと》心すらわきませんね。さすがは大魔導士様」

高度なことだったみたいだ。

「タツヤさんなら当然です……では、次にこの根を処理します」

ルリが残っている切株を見る。

「土魔法だったっけ？」

「はい。それもありますが、こちらの方が安全です。単純に土をどければいいんですからね」

ルリがそう言うと、一瞬にして切株の周りの土がなくなった。

「空間魔法？」

「はい。こういうこともできます」

「……いや、空間魔法はそんなことできないから」

モニカさんがそうツッコみながら顔の前で手を振る。

「タツヤさんの空間魔法なら簡単でしょう」

そう言われたので俺が伐った後の切株を見る。そして、空間魔法を使うと、同じように切株の周りの土がなくなり、根っこだけになった。

「さすがです」

「すごいですねー」

モニカさんが棒読みだ。

「では、こんな感じでどんどんやっていきましょう」

ルリにそう言われたのでエアカッターと空間魔法で木を伐る、空間魔法で土を収納する、残った根も空間魔法で収納する、土を開いている穴に戻す……という作業をひたすら続けていき、一時間くらいが経《た》った。結果、数十本の木を伐り、結構、耕地が広がったように見える。

「さすがに疲れてきたね」

少し休憩しようと思い、切株に腰を下ろす。

「お疲れ様です。拙い魔法ですが、回復魔法をかけましょう」

モニカさんがそう言って手を掲げると、ほんのり温かい光が出てきて疲労がうっすらと取れた気がした。正直、微妙だし、魔力がほとんどこもっていないので効果は薄い。とはいえ、そこまで疲れているわけではないので十分だ。

「ありがとうございます。楽になりました」

「お役に立てなくてすみません。私は魔法のセンスもないんですが、そもそも魔力が少ないんです」

確かに少ないなー……絶対に本人には言えないけど、俺やルリの十分の一もない。

「モニカさんは監査官でしたよね？　普段は何をしているんですか？」

「主に村長さんの補佐ですね。前に村長さんがおっしゃっていましたが、この村には村長さんを除いて、文字の読み書きや計算ができる者がいないのです。正直に言えば、監査官の仕事ではないですが、私は魔法もロクに使えませんし、力も体力もないので皆さんのお手伝いをできるのがそれくらいしかないのです」

まあ、モニカさんが畑仕事や木の伐採をできるとは思えんな。

「大事なことですよ。村長さんも歳《とし》ですし」

「そうかもしれませんね……山田《やまだ》さん、村長になるのでしたらその辺りを考えた方が良いと思いますよ。山田さんは大変素晴らしい魔法使いですし、このまま行けば近いうちに村の発展に目途も立つでしょう。その際にはもう少し、文字の読み書きができる人間が必要になってくると思います。今は皆が生活するだけで精一杯ですが、落ち着いてきたら村の整備のことや年貢、さらには村の法なんかも考えないといけません。そうなると補佐する人間が必要になってくるのです」

そうか……モニカさんはこの村の人間じゃなくて王都から派遣された監査官だからある程度村の発展の目途が立ったら王都に帰るんだった……となると、文字の読み書きができる人間が高齢の現村長さんだけ。

「村長さんだけでは厳しいですよね……」

「村長さんも高齢ですからね。まだまだ元気ですが、腰を悪くされておりますし、遠出は厳しいでしょう。交易のこともありますし、王都や周辺の貴族への根回しも大事になってきます。その辺りを考えると、どこかの町で雇った方が良いかもしれません」

なるほど……領地経営も大変だ。しかし、詳しいな……ん？

どうしようかなーと思っていると、向こうからコーディーさんが走ってきた。

「おーい！　山田さーん！」

「んー？　何だろう？」

そのまま待っていると、コーディーさんがやってくる。

「ハァハァ……って、なんか広くないか？」

息を切らしていたコーディーさんが辺りを見渡して、首を傾《かし》げた。

「木を伐ったんですよ」

「……こんなに？　まだ始めてからそんなに時間が経ってなくないか？」

まあね。でも、時間がかかるようなことでもない。

「タツヤさんは大魔導士様なのです」

「そうにゃ、そうにゃ」

この二人、それで押し通す気だな……

「そ、そうか。さすがだな……」

コーディーさんは納得したようだ。

「それで何か用件があるんじゃないんですか？」

「あ、そうだ！　すまんが、来てくれ！」

ん？

俺達は顔を見合わせて首を傾げるが、何かあったんだろうと思い、コーディーさんと共に村の方に戻る。そして、さっきまで俺達が農具を確認していた畑に向かう。

「おー、タツヤ殿。戻られたか」

畑にはまだ村長さんがおり、声をかけてくる。

「どうしたんです？　農具が壊れましたか？」

「いや、そういうわけではありません。これを……」

村長さんがそう言って、畑を見下ろす。そこは改良した肥料を使った畑の一角であり、何故《なぜ》か、何かの芽が生えていた……

「え？」

「あれ？」

「おかしいにゃ」

「さっき、山田さんが種を植えましたよね？」

俺達は畑に生えている芽をガン見しながら首を傾げた。

「ここでコーディーと農具の運用について話をしておったんじゃが、気付いたら生えていたんです」

種を蒔《ま》いてからまだ一時間しか経《た》っていない。大根の種が入っている袋の裏面には二ヶ月から三ヶ月って書いてあるのに……

「すみませんが、もう少し畑を借りても良いですか？　肥料を加えていないところにも植えてみます」

種がおかしいという可能性もある。何しろ、世界が違うわけだし。

「あ、ああ……好きにしてくれ」

許可が出たので肥料を混ぜていないところに大根の種を蒔いた。

「村長さん、コーディーさん、これで一日様子を見ましょう」

「そうですな」

「ああ……」

二人がゆっくりと頷《うなず》いたので今日は帰ることにした。帰る途中に振り返ると、残っている三人が大根の芽をじーっと見下ろしているのが見えた。

失敗したかなーと思いながら家に戻ると、リビングで一息つく。

「どう思う？」

主語がないが、二人はわかってくれるだろう。

「間違いなく、例の肥料の力かと……」

「それ以外にないにゃ。でも、とりあえず、明日また村に行くにゃ」

「そうだねー……」

もしかしたら俺はとんでもないものを作ったのかもしれない。でも、あの村に必要なものであることは間違いない。俺はミリアムが言うようにとりあえずは明日だと思い、休むことにした。


翌日。この日は日曜日だが、前日と同じように早めに起きてしまった。何故なら、どうしても大根が気になってしまって、目が覚めてしまったのだ。まあ、転職して、自由が利くようになったから土日がもったいないとは思わないけど……

「山田、ちょっといいにゃ？」

ルリが作ってくれた朝食を食べ終わり、ルリが洗い物をしていると、ミリアムが声をかけてきた。

「どうしたの？」

ミリアムを撫《な》でながら聞く。

「今日、これから村に行って、肥料を確認するが、その前にモニカをどうするか決めておくにゃ」

モニカさん？

「なんで？　何かあるの？」

「もし、あの肥料に異常なまでの植物成長の促進効果があった場合、村の皆は問題ないにゃ。でも、モニカは正確に言うと、村の人間ではなく、国の人間にゃ」

確かに……国に報告される可能性があるわけか……

「それはちょっとマズいね」

「だろう？　どうにかしないといけないにゃ」

「どうにかって……」

「買収して黙ってもらうにゃ。もしくは、雇ってもいいにゃ。あの程度の魔力しかないけど、魔法使いは貴重にゃ。回復魔法もできるって言ってたし、山田は村にずっといるわけじゃないから多少なりとも戦力にはなるにゃ」

人手不足だから人材は多い方が良い。それが魔法使いならなおさらだろう。うーん、魔法使いか。

「とりあえず、行ってみよう」

「はい」

「にゃー」

準備を終えた俺達は例の扉をくぐり、村に向かう。そして、村長さんの家を訪ねたが、誰もいなかった。

「あれ？　留守？」

「畑じゃないでしょうか？」

「私もそんな気がするにゃ」

まあ、俺もそう思わないでもない。

俺達は村長さんの家を出て、昨日の畑に向かう。すると、村長さん、モニカさん、コーディーさんが畑の一部を見下ろしていた。正直、昨日から動いていないんじゃないかと思う光景だ。

「どうしました……」

声をかけようとしたが、途中で言葉が止まった。何故なら、三人の足元にはふさーという擬音が出てきそうなくらいの葉っぱが見えているからだ。

「実ってますね。もう少しで食べられそうです」

「ホントにゃ」

俺達も三人のもとに行き、大根の葉っぱを見下ろす。

「おはようございます。すごいですね……」

村長さんが挨拶《あいさつ》と共に苦笑いを浮かべた。

「山田さん、あっちを見てくれ」

コーディーさんが指差した先は俺が昨日、最後に大根の種を蒔いた場所だ。そこには何も生えていなかった。まあ、それが普通だ。

「そうなると、やはり肥料でしょうね」

「だと思う」

皆が同時に頷く。

「タツヤ殿、この肥料はどれくらい用意できるものなんです？」

村長さんが聞いてきた。

「時間を多少もらえれば、いくらでも……」

通販で買うからそれが届くのを待つだけだ。

「なるほど……光明が見えたどころではありませんな」

「ですね……」

「タツヤ殿、早急に用意してくだされ。それで村としてやっていける目途が立った時に正式に村長の座を譲ります」

「早くないですか？」

「いや、すでに村の者は皆、あなたを知っております。それに昨日、農具を提供してもらったことと木を伐って農地を広げたことで皆、喜んでおりました。それに加えて、この肥料です。もはや誰も反対しませんし、むしろ、喜び、あなたを崇拝します。これはチャンスですぞ」

上に立つ者に必要な人気が最好調なわけか。

「タツヤさん、タツヤさん」

ルリが俺のローブを引っ張ってきたので身をかがめた。すると、ルリが耳打ちしてくる。

「本当に今がチャンスです。今、就任すれば、今後、タツヤさんが多少、無茶や暴君になっても村民は耐えますし、皆、信じてついてきてくださいます」

無茶はわからんが、暴君にはならないようにしたい。

「わかった………村長さん、今日は帰って、早急に農具と共に準備をしたいと思います」

「頼みます。もちろん、村長を交代しても私もお手伝いしましょう」

これは必須《ひっす》だ。村長さんに出ていかれると困る。

「お願いします……モニカさん、少しお時間を頂いてもよろしいですか？」

俺は村長さんに頭を下げた後にモニカさんを見る。

「私ですか？　何でしょう？」

「村長が代わることや監査官について聞きたいことがありまして……」

さっき、ミリアムが言っていた通り、この人には話をしておかないといけない。

「ああ……なるほど。大丈夫ですよ」

「では、私の家に来てもらえますか？」

「え？　山田《やまだ》さんのお家《うち》ですか？」

あ、マズい。年頃の娘さんを家に誘うのはマズかったか。

「タツヤさん、あの家は入れませんよ？」

ルリがまたもやローブを引っ張ってくる。

「入れないってどういうこと？」

「あそこは色々な魔道具、それに研究成果がありますから厳重な結界が張ってあります。許可がないと誰も入れません」

あ、それもそうか。普段はあっちの家に住んでいるし、厳重にしとかないと危ない。

「村長さん、話をする場所を貸していただけませんか？」

「でしたら私の家をお使いください。私はもう少し、村を見て回りますので」

「モニカさん、いいですか？」

「ええ。もちろんです」

「では、参りましょう」

モニカさんが快く、頷いてくれたので村長さんの家に行き、テーブルについた。

「それで何を聞きたいんでしょう？」

モニカさんは早速、本題に入ってくる。

「モニカさん、さっき言った話をする前に大事な話があります」

「大事な？　何でしょう？」

モニカさんが首を傾《かし》げた。

「モニカさんは監査官ですよね？　それっていつまでですか？」

「いつまで……この村が解散するか、ある程度、発展の目途が立つまでですかね？　あの様子だと早そうです」

「その後は別の監査官が来るんですか？」

「いえ、そんなことはないと思いますよ。年に一回ほど税の確認のために王都から誰かが来るくらいでしょう」

なるほど……

「失礼ですが、ここを離れた後の就職先とかは決まっていますか？」

「いえ……またどこかの開拓村に行くかもしれません。あまり優秀ではないもので……」

ここだな……狙うべきはここだ！

「モニカさん、私はこの村をもう少し発展させたいと考えています」

「そうですね。それは皆が考えることですし、山田さんならできそうな気がします」

「ありがとうございます。その際、モニカさんがおっしゃっていた通り、交易などについても考えないといけないですし、そういうことができる人材がいります」

村長さんがいるが、高齢なうえに腰が悪いのでそれは難しい。

「それはそうでしょうね……どこかから雇う必要があります」

「はい。私は自分の研究がありますし、いつもここにいるわけではありません」

「それは確かにそうですね」

「ですので、私はあなたを雇いたいと思っています」

「わ、私ですか？　確かに文字の読み書きや算術はできますけど、落ちこぼれ魔法使いですよ？」

「モニカさん、正直に言いますが、私はあなたを魔法使いという点ではそこまで評価していません」

「ですよねー……」

モニカさんがあからさまに暗くなった。

「魔法を使えるだけで素晴らしいとは思いますが、あなたの真の価値はそこではありません。あなたはもっと別の分野で輝くべきです」

「は、はぁ？　別の分野ですか？」

昨日、話を聞いていて思ったことがある。この子は魔法が使えるから監査官をしているが、自分で言っていた通り、魔力的にも魔法使いに向いていないと思う。だが、この子の良さは別にある。

「はい。あなたは村が成立した後のことなど自分に関係ないのにもかかわらず、ちゃんと村の将来を見据えることができていた。これは素晴らしい才能だと思います」

俺は会社に十年以上勤め、色んな上司や部下を見てきたが、これができる人間はそういない。この子はこれを生かす職に就くべきだし、今、俺が必要な人材でもある。

「で、ですかね？」

「そうです。あなたはとても頭が良い。ですが、それ以上に視野が広く、先見の明があります」

「あなたはこの村に一年も住み、村民の方々も信頼しているでしょう」

「先見の明……」

「そ、そうですかね？」

モニカさんは照れたような感じでまんざらでもない顔をしている。

「先程も言いましたが、私はいつもここにいるわけではありませんし、村長の経験もない。ぜひとも力になっていただきたい。もちろん、給金もそれ相応の額をお支払いします」

いくらくらいが相場かはまだ調べていないが、相場以上を払おう。

「わ、私なんかでいいんですか？」

「私はあなたを高く買っています。能力のある者はそれ相応のところで働くべきです。はっきり言いますが、あなたの今の仕事は別の者でもできるでしょう。ですが、この仕事はあなたしかできないのです！」

俺の心が激しく動いた誰かさんの営業ゼリフを流用する。

「わ、私が必要……！」

すげー効いてるわ。さすがは魔法の言葉。

「はい。私はこの村を発展させていきます。あなたはその時、村の重鎮になるんです」

「重鎮……村……町……貴族………」

モニカさんがぶつぶつと色んなことをつぶやく。

「モニカさん、この村には……私には……あなたが必要なんです！」

「必要………やりまぁす！」

うんうん。わかるぞー。二週間前の俺を見ているかのようだ……

「ありがとうございます。これからもよろしくお願いします」

そう言って握手を求めて、手を差し出すと、すぐに俺の手を握り、ぶんぶんと振る。

「よろしくお願いします！」

「よろしくお願いします。では、モニカさん、もう少し話に付き合ってください」

「はい！　あ、あの、呼び捨てでいいですよ？　それに敬語もいいです。雇い主でしかも、年上の方に敬語を使われるのに違和感が……」

そういうものかな？　まあ、異世界だし、そんなに堅くなくてもいいのかもしれない。フレンドリーでアットホームな職場にしよう。すごく地雷臭がするワードだけど……

「わかった。モニカ、村長さんが俺に村長の座を譲ると言っていたけど、それは認められるの？」

「はい。村長さんや村民の皆様が認め、人格や人柄に問題ないのなら認められるでしょう。私がそのように報告します」

わかってるな、この子。

「じゃあ、頼む」

「お任せください。それとあの肥料や農具、魔法のことなんですけど……」

俺が話をしたいことをモニカの方から話してくる。

「マズいかな？」

「はい。魔法はまだ大丈夫だと思いますけど、あの農具と肥料はマズいです」

「農具も？」

「はい。精巧すぎます。とてもではないですが、畑を耕すのに使っていいものではありません。あの技術があることを国が知れば武器を作れと言われそうです」

それを言われると困るな……日本で武器を買うのはハードルが高すぎる。

「隠すべきかな？」

「はい。ですので、私はこのことを報告しません。単純に上手《うま》くいったとだけ報告します」

よくわかってるわ。やっぱりこの子も頭が良いな。

「頼む。それと肥料についてだけど……」

「あれは絶対にマズいです。村民の方々に緘口令《かんこうれい》を敷くべきです」

そこまでか……

「どうすればいい？」

「そこは村長さんもわかっているでしょうし、相談して皆に話します。もし、王都にバレたら山田さんがどこかに行ってしまうとか言えば大丈夫でしょう」

「どこにも行かないけど？」

「脅しです。実際、タダシ様が人との関わりを避ける方でしたので有効かと……」

避けてたのは異世界の人間だからだろうな。俺もそうするべきなんだろうか？　いや、祖父《じい》さんは後悔のないように楽しく生きるべきって言っていた。俺はこういう自然いっぱいな村でスローライフを楽しみたいと思うし、村の人達のために頑張りたいとも思う。

「じゃあ、そこも頼むよ」

「お任せを。すぐに村長さんと話を詰めます。それと今後、町を発展させるうえでこのモニカに提案があります」

　ノッてるなー……やる気に満《み》ち溢《あふ》れていますわ。

「何？」

「私は監査官を務めていますので他の開拓村を知っていますし、友人や同僚から話を聞くこともあります。そうすると、成功する開拓村には共通点があるんです」

　ほうほう。

「それは？」

「名産です。畜産でも農産物でも何かの名産品を作れば、商人が寄ってきます。それで収入を得て、村が発展していくのが成功例の一つです。山田さんは昨日の大根ですか？　ああいう種を持っておられました。何か王都などの大きな町で流行《はや》りそうなものがあれば、この村は大きく発展していくと思われます」

　なるほど。それは確かにそうだ。

「わかった。考えてみる」

「はい。そういう実績を作り、将来的には一大貴族になりましょう。偉大なる大魔導士様である山田さんなら可能です」

　やる気はここまで人を変えるか……

「そのためにはモニカの力が必要だ」

　よくわかった。この子は褒めて伸びるタイプの子だ。

「お任せを！　このモニカ・アーネット、身命を賭《と》してお仕えします！　そして、必ずや山田さんを大貴族にしてみせましょう！」

自らを落ちこぼれと言ってネガティブだった子はいなくなったようだ。マジで変わりすぎ。

モニカを雇った後は家に戻り、通販で農具や肥料を注文した。今週中には届くみたいなのでまた来週にでも異世界の村に行ってみようと思う。

「さて、モニカの勧誘は上手くいったね」
「お見事です。くすぶっている人の心をくすぐる良い勧誘だったと思います」
「そりゃそうにゃ……」

まあ、桐ヶ谷《きりがや》さんに言われて嬉《うれ》しかった言葉を言っただけだからなー……

「モニカが名産品って言ってたよね？」
「そうですね。やはりこちらの世界のものが良いんじゃないですかね？」
「機械や工芸品はやめて、この前、ルリが言った通り、農産物が良いと思うにゃ。森に生えてたから育てたと言い張ればいいにゃ」

確かになー。それにモニカが言っていたように農具みたいなのを売って、その技術で武器を作れって王様とかに命令されても無理だしなー。単純に嫌だし。やはり農産物だろう。

「例の肥料があるし、選択肢が増えるな……果物の木でも良いわけだし」

収穫の早い野菜かなと思っていたが、例の肥料のおかげで収穫可能になるのに何年もかかる木でも十分に可能だ。

「そちらの方が自然かもしれません。森なわけですし」

「リンゴが良いと思うにゃ」

ん？

「なんでリンゴ？」

「あっちの世界にリンゴはないにゃ。だから物珍しさと美味《おい》しさで人気になるにゃ。あと、私が好きにゃ」

自分の好みかい……まあ、俺も嫌いじゃないし、別にいいけど。

俺はネットでリンゴの栽培について調べてみる。

「あ、普通に苗木を売ってるし……」

これすらもネットで買える時代か……

「とりあえず、二本くらい買ってみるにゃ。実験して、良ければリンゴ農園を作るにゃ。それが良いにゃ」

猫さんの圧が……

「じゃあ、頼んでみるか……これは明日、届くらしい。すごいな……」

「よしよしにゃ。残っている肥料をスーパー肥料に変えて、育ててみるにゃ」

スーパー肥料……

「わかったよ」

俺は計画を決めると、この日は祖父さんの本を読むことにした。

翌日の月曜日、朝食を食べ終えた後、リビングで俺の膝《ひざ》の上で丸くなっているミリアムを撫《な》でながらまったりと過ごしていた。なお、ルリはテレビの芸能人の不倫報道を真剣な顔で見ている。すると、スマホの着信音が鳴ったので、画面を見ると、桐ヶ谷さんの名前が表示されていた。

「桐ヶ谷さん？　何だろう？」

こんな朝からと思ったが、普通に出勤している時間と思い、通話ボタンを押す。

「もしもし？」

『おはようございます。山田《やまだ》さんですか？』

「ええ。おはようございます、どうしました？」

『山田さんは今日から正式にウチの人間になりましたから挨拶《あいさつ》ですね』

そうか……今日からタイマー協会の人間か。しかし、やはり名前のセンスが気になってしまう。

「わざわざありがとうございます。無理をしない程度に頑張りたいと思います」

『良い心がけです。実は最初だからと無茶をする方もいらっしゃるんですが、その点、山田さんは安心ですね』

そんな歳《とし》でもないしな。

「小さい子がいますしね」

『良いことです。それとなんですが、お渡しするものや今後のことでお話があります。お時間が空いた時で構わないので協会に来ていただけますか？』

あそこか……事情聴取後も説明を受けに何回か行っている。

「わかりました。ちょうど時間が空いていますのでこれから伺おうかと思います」

『そうですか。では、お待ちしています』

通話を切ると、スマホをコタツ机に置く。

「ルリ、ちょっと協会の方に顔を出してくるよ」

「わかりました」

ルリはこちらを見て頷《うなず》いたが、すぐにテレビでやっている不倫の謝罪会見に視線を移す。そんなに面白いんだろうか？

「ミリアム、来る？」

「行くにゃ」

「わかった。じゃあ、着替えてくる」

膝に乗っているミリアムをどかして立ち上がると、自室に行き、スーツに着替える。そして、リビングに戻ると、ミリアムを抱えた。

「ルリ、リンゴの苗木が届くと思うから受け取っておいてくれる？」

「わかりました。いってらっしゃいませ」

俺とミリアムはルリに留守を任せると、家を出て、駅まで向かう。

「電車か――……」

ミリアムは嫌そうだ。

「もうこの時間だとあそこまでは混んでないよ」

「そうにゃ？　それは良かったにゃ。でも、これから金持ちになるんだから車を買っても良いと思うにゃ。この前の桐ヶ谷の車はすごかったにゃ」

確かにすごかった。しかも、後から聞いたのだが、あれは自家用車らしい。

「免許は持ってるけど、仕事で社用車に乗っていたくらいであまり乗ってないからねー。まあ、車を買うのはいいかもしれない。実は俺、釣りが好きなんだけど、車がないと厳しいんだよ」

どこ行くにも遠いもん。

「それが良いにゃ。お前が痴漢で捕まるところなんか見たくないにゃ」

捕まらないよって言い切れないのが怖い。通勤時もそれだけは注意していた。もちろん、冤罪《えんざい》でって意味ね。

俺達は駅に着くと、電車に乗り込み、タイマー協会の本部に向かう。本部に着き、中に入ると、エントランスにある自動販売機の前に桐ヶ谷さんがいるのを見つけた。

「桐ヶ谷さん」

「おや？　早いですね」

「すぐに出ましたからね。ちょうど朝食を終えてゆっくりとしていたところだったんですよ」

「そうですか。では、そこで話しましょう」

「ええ」

桐ヶ谷さんがエントランスにあるソファーを指差したのでそこに行き、腰掛けた。

「朝から申し訳ありませんね」

「いえいえ。今までなら上司の小言、部下への指導、電話の対応に追われている時間ですよ」

「ははっ、それもそうですね。さて、お呼びしたのはまず、これをお渡ししておかないといけないからです」

桐ヶ谷さんはそう言って、懐から黒い手帳を取り出し、テーブルに置く。それを手に取ると開いて、中身を見てみた。そこには俺の顔写真と共に何かのエンブレムがある。

「警察手帳みたいですね」

「似たようなものです。それが身分証明になりますので肌身離さずお持ちください。でも、失《な》くさないでくださいよ？」

失くしたらマズいだろうな。

「もちろんですよ」

そう答えると、手帳を懐にしまった。

「本当なら入社式みたいなこともするんでしょうが、ウチはそんなことはしません。歓迎会もないです」

別にしてほしくない。

「表立って活動できない組織だからですか？」

「もちろん、それもありますが、退魔師の皆さんの都合もあるんです。実は退魔師は数が極端に少ないため、ある程度の自由や要望に応えています。例えばですが、ウチは副業ＯＫです。というよりもウチを副業にしているケースもあります」

「へー」

こんなにもらっているのにとも思うが、自営業とかのケースもあるのかもしれないし、何とも言えない。

「あとは顔や名前を晒《さら》したくないとかですね」

「え？　危ない人でもいるんですか？」

さすがに指名手配犯はいないだろうけど、裏の社会の匂いがする。

「というよりも、他の退魔師を信用していない感じですね。力があるわけですし、その力を他人に向けないとは限りませんから」

それもそうだな。力を得て、増長する人間も中にはいるだろう。

「私も気を付けます」

「ええ。自衛は大事です。その他にも色々ありますが、一番は別組織の存在です」

別組織……

「敵対組織とかですか？」

「まさか。実は退魔師というのは意外と歴史が古くて、昔からそういうのを生業《なりわい》としている家があるんですよ」

「陰陽師《おんみょうじ》的な？」

もしくは、神職や寺のお坊さん。

「まあ、そんな感じです。そういった家は歴史が古く、一言でいえばプライドが高いです。とはいえ、我々も国の機関ですし、協力して事に当たっているのが実情になります」

「でも、仲が悪いでしょ」

話を聞いて、仲が良いとはとても思えない。

「私の口からは何とも……ご想像にお任せします」

悪いんだな。

「まあ、私には関係ない話ですね」

「いえ、それがそうもいかないわけです」

え？

「何かあるんですか？」

「実を言いますと、これまでは退魔師にある程度の自由を与え、任せてきました。ですが、近ごろ、それはどうなんだという声が内部で上がっています」

「何か問題が？」

「新人指導くらいはするべきではという話です」

あ、そういうことか。

「それは確かにあった方が良いでしょうね」

「ええ。何せ、この間、ウチに入った子が女子高生でして……」

女子高生……え？

「あ、あの、もしかして、トイレの子です？」

「本人にはそれを言わない方が良いと思いますよ？　まあ、そうです。橘《たちばな》君ですね」

そういえば、橘って名前だったな。

「あの子、本当に高校生だったのか……いや、制服はやめましょうよ」

「学校帰りだったようです。着替えるように言ったんですけどねー……ハァ」

四十前のおっさんがため息をつく。

「しかし、高校生なんてよく雇いましたね？　さすがにマズいのでは？」

「そうですね。これがさっきの話に繋《つな》がります。橘君は由緒ある退魔師の家の子でしてね。橘家の御当主さんから修業のために働かせて、鍛えてほしいと頼まれたのです。こちらも人材不足ですし、協力いただいている橘家の頼みは断れなかったのでバイトという扱いで採用しました」

「すごいですね。漫画の中の話みたいです」

「他人事《ひとごと》のように言いますね、退魔師の山田さん」

あ、俺もその世界の人間だった。しかも、家にはホムンクルスとしゃべる猫がいて、休日には異世界に行って大魔導士様をしてる。俺が一番、漫画の中の住人だわ。

「友人や親に言ったら病院を勧められそうです」

「ですねー……さて、話を続けます。そういうわけで現在は仕事を始めて二ヶ月間は単独での悪魔退治は控えていただいています。もちろん、緊急事態等もありますし、先程言ったような個人の都合というのもありますから特に罰則を設けているわけではありません。ですが、上としてはなるべく、新人一人だけで動いてほしくないと思っております」

「まあ、そうですね。それで私の場合はどうすれば？」

桐ヶ谷《きりがや》さんがついてくれるんだろうか？

「ええ。今日、お呼びしたのはその相談です。実は山田さんにはチームを組んでほしいのです」

「チーム？」

「はい。三人組、つまりスリーマンセルですね」

「その三人というのは？　桐ヶ谷さんもです？」

「いえいえ、私みたいなおじさんと組むのは嫌でしょう？」

おい……、話の流れで誰と組むのか想像がつくぞ……

「まさか一回り以上も離れた高校生と組めと？」

トイレの……じゃない、橘さんだろ。

「はい。それも二人です。まあ、片方は男の子ですが……」

男子高校生と女子高校生と組めと？　この三十五歳のおっさんが？

「三十歳を超えたあたりから若者との差を感じている今日この頃なんですが？」

「ははっ、またまた。山田《やまだ》さんはまだお若いじゃないですか」

あんたとほぼ変わらんわ。というか、見た目的にはあんたの方が若いだろ。

「桐ヶ谷さんが面倒を見ればいいじゃないですか。私は一人でも大丈夫です。無茶をすることはしません。小さい子がいますし、そんな歳でもないです」

何より、ミリアムがいるから問題ない。

「そこです。私は山田さんを非常に高く評価しています。それだけ高い魔力を持っているのに増長せずにちゃんと地に足がついている。本当に大人だと思いますし、力を完全に制御し、自分のものにしている。さすがはタダシさんのお孫さんだと思います。血は争えないですね。だからこそ、そんな山田さんにお願いしたいのです。確かに山田さんが言うように私が面倒を見るのが一番でしょうが、私は他にも仕事がありまして……」

「桐ヶ谷さん、本当のことを言ってください」

営業トークをしている時点で他に思惑があるのがわかる。

「ふぅ……私はさっき言った歴史ある退魔師の家の一つである桐ヶ谷家の者なんですよ。そして、その子達の家とは非常に仲が悪い。ね？　無理でしょ？」

あんたもそっち側の人間かい……

「他にはいないんです？」

「適任者がいないんです……残念ながら」

残念だな。

「具体的にはどうすれば？」

「二ヶ月で構わないので三人で行動し、二人を抑えてください」

若者を抑える。煙たがられそうだ。

「ロクな目に遭わなそう……」

「よほど厳しいようだったら言ってください。せっかくヘッドハンティングしてきたあなたを失ってまでするほどの価値があることではありませんから」

お金を稼がないといけないから辞めはしないけども。

「まあ、そういう家の子なら退魔師の仕事を続けていくうえで参考になることもあるかもしれませんね」

「そうです、そうです。タダシさんもそう言って私と組んでましたよ」

魔法の研究か……

「まあ、わかりました。とりあえずは組んでみましょう。どうするかはその後、考えてみます」

橘さんはともかく、もう一人の方は顔も名前も知らないし。

「ありがたい。査定に色は付けておきますので」

「どうも。ちなみにですが、チームで悪魔を倒した場合の褒賞金はどうなるんです？　三等分？」

損じゃないか？

「そこは安心してください。その二人には褒賞金が出ません」

「え？　バイトだから？」

「向こうの家とそういう契約をしているんですよ。こちらだって未成年を預かるというリスクを負っているわけですし」

それ、その高校生二人は納得しているんだろうか？　俺だったら嫌だな。

「私だけもらって文句を言われません？」

「大丈夫ですよ。あれらの家はプライドが高いって言ったでしょう？　お金じゃないんですよ」

「あのー……桐ヶ谷さんのところは？」

この人、普通にもらってるよな？

「だから仲が悪いんですよ」

あ、そういうこと……

「あまり深入りはしないようにします」

「それがいいでしょう。ところで、山田さん。山田さんは彼女とかいますか？」

え？　唐突にディス？

「まさか。私はそういうことに諦《あきら》めを持っていますよ。幸い、家には親戚《しんせき》の子と猫がいますし、寂しくもないです」

ルリもミリアムも可愛《かわい》いし、一緒にいて楽しい。

「ほうほう。気を付けてくださいよ。ああいう名家の連中も最近は跡継ぎやらに困っています。あなたは優秀ですし、ハニトラを仕掛けてくるかもしれません」

いや、その場合、あの子だろ。女子高生じゃん……捕まるわ。

「ご冗談を」

「ははっ。ちなみに、私には妹がいるんですよ」

あんたもかい……深入りしないっての。


家に帰って、昼食を食べ始めると、ルリに午前中あったことを説明した。

「それで了承されたわけですか？」

「まあね。一度、組んでから考えようと思って。二人がどんな魔法を使うのか気になるし」

「なるほど。でも、高校生なんですよね？　学校があるのでは？」

それなんだよなー。

「だから活動は夜というか、学校終わりだね。後は土日。それ以外は好きにしていいとは言われたけど」

「そうすると、村には平日の昼間に行く感じですかね？」

「そうなるね」

「まあ、自由の利くお仕事に転職されたわけですし、時間はありますからね。良いと思います。あ、リンゴの苗木が届いたので研究室に置いておきましたよ」

おっ、届いたのか。

「じゃあ、早速、植えてみようか」

「そうですね……どこに植えます？」

まずはお試しだしなー。

「あっちの家の前にでも植えようか」

「わかりました。じゃあ、ご飯を食べ終わったらやりましょう」

俺達はそのまま昼食を食べると、研究室に行き、残っていた肥料をスーパー肥料に変える。そして、家の前に空間魔法で穴を開けると、苗木を植え、土と混ぜた肥料で埋めていった。

「ルリ、最後に水を」

「わかりました」

ルリは頷《うなず》くと、リンゴの苗木に向かって手を掲げる。すると、ルリの手からシャワーのような水が出てきて、苗木を濡《ぬ》らした。やっぱりなんか可愛い。

その後、家に戻って祖父《じい》さんの本を読んだり、リンゴの育て方を調べたりしていた。そして、夕方になったのでミリアムを連れて、再び、タイマー協会の本部に向かう。すると、朝に話をしたエントランスのソファーに座る桐ヶ谷さんを見つけた。

「やあ、山田さん。御足労をかけます」

桐ヶ谷さんが俺に気付き、声をかけてきた。

「いえいえ、時間はありますから」

「そうですか……もう少しで二人も来ると思うので少々、お待ちください……おや？」

桐ヶ谷さんが正面玄関の方を見たので釣られてそちらの方を見ると、この前、トイレで会った女子高生がキョロキョロと周囲を見渡していた。

「制服ですねー」

「まあ、もう何も言いませんよ……橘《たちばな》君！」

桐ヶ谷さんが橘さんに声をかける。すると、橘さんが俺達に気付き、こちらにやってきた。

「遅れてすみません」

橘さんは俺達のところに来ると、頭を下げる。

「遅れてないよ。まあ、かけなさい」

桐ヶ谷さんがそう言うと、橘さんは俺と桐ヶ谷さんを見比べ、何故《なぜ》か俺の隣に座った。そうは見えないが、本当に仲が悪いんだろうか？

「橘君、以前、説明した通り、この度、ウチに所属することになった山田さんだ。山田さん、橘君です」

桐ヶ谷さんが簡潔に紹介する。

「あ、あの、橘キョウカです。この前はすみませんでした」

橘さんは自己紹介をすると、頭を下げて謝罪してきた。多分、トイレで刀を向けたことだろう。

「いえいえ。あれは仕方がないですよ。あ、山田タツヤです。よろしくお願いします」

「は、はい。よろしくお願いします」

第一印象よりもずっとちゃんとした子だな。それにプライドが高そうには見えない。

「山田さん、橘さんは先日のあれが初任務だったんですよ。緊張もあったでしょうし、大目に見てあげてください」

桐ヶ谷さんが補足する。

「もちろんですよ。そもそも、私は気にしていません。橘さんも気にしないでください」

年下の子に緊張感やプレッシャーを与えてはいけない。

このご時世、何を言われるかわからんし、この子がその気になれば、俺みたいなおっさんを社会的に殺すことは容易なのだ。だからなるべく関わらないようにしてきたんだがなー……

「あ、ありがとうございます」

まあ、そんな感じには見えんな。悪意はなさそう。

「この前の女性はどうなりました？　意識がなかったように見えましたが」

「あ、はい。あの後、病院に連れていきましたが、特に問題もなく、今は退院されています」

「それは良かった」

ちょっと気になっていた。なお、男が暴行罪で逮捕されたのは聞いている。

「あとは一ノ瀬《いちのせ》君ですか……」

桐ケ谷《きりがや》、橘、そして一ノ瀬か……皆、かっこいい苗字だなー……俺、山田。どっちも小一で習う漢字。

「先に出たと思ったんですけどね」

ん？

「もしかして、同じ学校なんですか？」

「ええ。クラスも一緒です」

すごいな、それ……しかし、そんな二人と組むのか……クラスの話とかされたら疎外感がすごいだろうな。

「お、来ましたね。一ノ瀬君！」

桐ヶ谷さんがまたもや正面玄関の方に声をかけたので釣られて見る。すると、こちらを向いている黒髪の若い男子がいた。しかも、その子も高校の制服だった。

「遅れてすみません」

一ノ瀬君はそっけなく謝る。

「学校なら仕方がありません。まあ、かけなさい」

桐ヶ谷さんがそう言うと、一ノ瀬君も俺と桐ヶ谷さんを見比べる。すると、ちょっと時間が空いたが、さすがに桐ヶ谷さんの方に座った。

「山田さん、こちらが一ノ瀬君です。一ノ瀬君、山田さん」

桐ヶ谷さんはさっきより簡潔に紹介する。

「一ノ瀬ユウセイです。よろしくお願いします」

名前もかっこいいし。

「山田タツヤです。よろしくお願いします」

俺達も簡潔に自己紹介し合った。

「では、自己紹介は済みましたね。じゃあ、後はよろしく」

桐ヶ谷さんがそう言って、立ち上がると、エレベーターの方に行ってしまった。

「ふう……」

「行ったか……」

桐ヶ谷さんを目で追っていると、橘さんが息を吐き、一ノ瀬君がつぶやく。

「どうかしたんですか？」

「いや、あの人、ちょっと怖くて……」

「得体の知れない感じがする人なんだよ」

へー……まあ、胡散臭《うさんくさ》い人ではあるな。

「ビジネススマイルって感じはしますね。目が笑ってないし」

「そうそう。人間味がないよな」

そこまでは言ってない。

「ユウセイ君、敬語くらい使おうよ」

橘さんが注意した。

「別にいいだろ。というか、山田《やまだ》さん、逆になんであんたが敬語なんだよ」

「社会人ですからね」

基本は敬語だ。まあ、高校生相手に敬語を使うのはどうかと思わないでもないが、一応、同僚だし、名家の子らしいしな。

「社会人ってそうなのか？」

「そうじゃないかな？　桐ヶ谷さんだって丁寧な言葉遣いをするし」

二人が話し合う。なんか青春だ。

「まあ、気にしなくていいですし、話したいように話してくれればいいですよ」

「あのー、やっぱり敬語はやめませんか？」

「俺もそう思う。なんか違和感がすごい」

若い二人は遠慮してしまうのかもしれないな。

「じゃあ、敬語はやめようか」

「それがいいです」

「ああ。俺が使ってないのにそっちに使われるとなんか惨《みじ》めな気分になる」

じゃあ、使え、と言いそうになったが、そこまで踏み込む関係ではない。

「まあ、わかるね。ところで、二人は同じクラスなんだっけ？　仲は良いの？　桐ヶ谷さんにチームを組めって言われたけど、それ以外は何も聞いていないんだよね」

「あー……仲が良いというか、お互い、子供の頃から知っているんだよ」

「狭い業界ですから……」

二人が苦笑いを浮かべる。なんか青春はなさそう。

「じゃあ、桐ヶ谷さんとも知り合いだったわけ？」

「まあ……」

「知ってはいますね……」

微妙っぽい。ここは触れない方がいいな。

「そっか。ごめんね。俺は今日からこの協会に入ったんで全然、知らないんだよ」

「今日からか……俺、桐ヶ谷さんから山田さんがリーダーだから言うことを聞けって言われたんだけど？」

「あ、私もそう言われました」

えー……

初日からリーダーってブラックじゃん。

「リーダーねー……」

二人を抑えろとは言われたけど……

「山田さんで大丈夫か？　新人なんだろ？」

一ノ瀬君が疑いの目で見てくる。

「君達はやっぱり子供の頃からこういうのをしているの？」

「まあ、そこそこは」

「どこの家も人手不足なんで少しでも才能があれば、現場に駆り出されます」

大変だな……

「経験的に君達の方が実力はあるだろうね。でも、だからこそ、君達のどちらかがリーダーになるのを避けたかったんじゃない？」

どちらかをリーダーにすると、もう一方が不満を持つかもしれない。

「私はユウセイ君でいいですけど……」

「俺もキョウカでいいな」

譲り合いかい……人のことを言えないが、最近の人間は向上心がないね。

「じゃあ、俺でいいでしょう。どうせ、二ヶ月だし、ただの研修とでも思ってよ。ついでに俺の指導でもして」

「まあ、そういうことなら……」

「私は山田さんで大丈夫です。というか、大人の男性の上に立つのは遠慮したいですし」

俺も本当は遠慮したいけどね。

「じゃあ、二ヶ月の短い間だけど、よろしく」

「ああ……」

「よろしくお願いします」

一ノ瀬君は腑《ふ》に落《お》ちない感じながら頷いてくれたし、橘さんは笑顔で頷いてくれた。

「それで仕事はどうする？　君ら、学校があるよね？」

「そうですね。ですので、放課後か土日にお願いしたいです」

「俺は水曜と金曜はダメ。バイトがある」

一ノ瀬君、バイトしているんだ……もしかして、この二人、褒賞金どころかバイト代ももらってないんじゃないか？

「じゃあ、水曜と金曜は外そう」

別に一人で行けばいいしな。

「悪い。なあ、それと話すよりも実際に仕事をしてみないか？」

確かにそれがいいかもしれない。

「何かあるかな？」

そう言ってスマホを取り出すと、二人もスマホを取り出す。そういう悪魔の情報だったり、タイマー協会の情報は専用のアプリで確認できるようになっているのだ。便利な世の中だよ。

「うーん……」

正体不明の通り魔、不審死、暴力事件……悪魔が関わっている可能性がある情報が載っているが、どの程度の悪魔なのかがわからんな。

「最初だし、これとかいいんじゃないか?」

対面に座っている一ノ瀬君が俺と橘さんにスマホ画面を見せてくる。そこに書いてあるのはとある公園でたむろする不良だった。

「そもそもなんだけど、これ悪魔なの? ただのヤンキーでは?」

おじさんとヤンキーは相性が悪いんだよ? おやじ狩りとか知らないのかな?

「調査員が調べたみたいだな……魔力の反応があるみたいだ」

そう言われて、自分のスマホでその情報を見てみると、確かに書いてある。悪魔の関与率六十パーセントらしい。

「悪魔には二種類いて、人の心にとり憑《つ》くタイプの普通の人の目には見えない種と実体がある種がいます。これはとり憑くタイプでしょう」

橘さんが教えてくれる。

「へー……じゃあ、行こうか。場所は……ちょっと遠いし、電車かな?」

「山田さん、車ないのか?」

一ノ瀬君が聞いてくる。

「持ってないね。免許は持ってるけど」

「協会が貸してくれると思いますよ。確か社用車があったはずです」

橘さんがそう言いながら受付の女性を見る。

「そうなんだ……」

まあ、車の方が良いかもしれないな。制服を着た高校生と歩くってちょっと嫌だし。

「じゃあ、車を借りようか」

「運転よろしく」

「お願いします」

二人が頼んでくる。

「まあ、君らはダメだろうね。ちなみにだけど、君らって何歳？」

「十七。高二だな」

「私は一月生まれなのでまだ十六歳です」

ダブルスコア……若すぎる……

「そ、そうか。うん、行こうか」

「山田さんは？」

「おいくつですか？」

二人が聞いてくる。

「三十五歳」

「へー……」

「大人ですね」

この子達の親の年齢が気になるな。絶対に聞かないけど。

「おじさんだよ。行こうか」

そう言って立ち上がると、二人も立ち上がったので受付に向かい、車の鍵《かぎ》を借りた。俺達はその鍵を受け取ると、エレベーターに乗り、地下の駐車場に向かう。

「えーっと……あれじゃないですか？」

橘《たちばな》さんが指差した先にはピカピカに輝く黒の国産の高級車が見える。

「すごいねー」

「すごいんですか？」

「すごいんだよ」

「へー」

まあ、女の子は車に興味ないか。

俺は車まで歩いていくと、運転席に乗り込んだ。すると、一ノ瀬《いちのせ》君が後部座席に乗り込み、橘さんが助手席に乗り込む。

橘さんが助手席かー……隣は一ノ瀬君じゃないのかね？　まあ、二人で後部座席に乗られるよりマシだけど。

「山田さん、安全運転で頼む」

一ノ瀬君が身を乗り出して言ってきた。

「わかってるよ。よそ様の子供を乗せているんだからね。シートベルトをしてくれ」

「後ろも？」

「後ろも」

「はいはい」

一ノ瀬君は身を乗り出すのをやめ、シートに背を預けると、シートベルトをする。もちろん、助手席の橘さんもシートベルトをしたのだが、なるべくそっちを見ないようにした。女性とシートベルトの相性は良くないのだ。主に俺の社会的信用的に……

「じゃあ、行くよ」

「お願いします」

俺は車を発進させると、地下駐車場を出て、件《くだん》の公園に向かった。夕方なので渋滞していたが、三十分程度で公園に到着する。しかし、公園には誰もいない。

「少し待つか……」

「そうですね」

俺達は車内で不良が来るのを待つことにした。しばらく、スマホを弄りながら待っていると、周囲が暗くなってくる。時刻は六時だ。

「最近、日が短くなってきましたね」

「そうだね」

もう十月だし、肌寒くもなってきた。

「あー、腹減ってきたなー」

後部座席の一ノ瀬君がだるそうな声でぼやく。俺は懐から財布を取り出すと、千円札を抜き、後ろに差し出した。

「コンビニで好きなもんを買うといい。ついでに、コーヒーを買ってきて」

「いいのか？」

一ノ瀬君はそう聞きながら千円札を受け取る。

「いいよ。橘さんは何かいる？」

「あ、ありがとうございます。お水を」

「一ノ瀬君、お願い」

「うっす」

一ノ瀬君は返事をすると、車から降りて、コンビニに向かった。すると、あら不思議。人がいない公園の駐車場の暗い車内に制服を着た女子高生とおっさんが二人という警察が声をかける確率百パーセントの状況になってしまった。

やっべ……

俺はなんとなく懐に手を突っ込み、手帳があることを確認する。

「なんかすみません」

手帳を確認し、安心していると、橘さんが謝ってきた。

「え？　何が？」

「山田《やまだ》さん、大人の方なのに私達と一緒でやりにくいでしょう？」

うん。

「いや、そんなことないよ。さっきも本部で言ったけど、初心者だからね。経験のある君達とやれるのは勉強になる」

辛《つら》かったけど、今、初めて係長をやっていて良かったと思う。部下のフォローをしてきたおかげで大人の対応ができたからだ。昔の俺なら絶対に変な感じで返していただろう。まあ、良かったと思ったのが退職後なんだけどさ。

「そうですか……なら良かったです。あ、タバコを吸われるんですか？　どうぞ」

俺が懐に手を突っ込んだままだからか橘さんが勘違いをする。

「いや、違うよ。手帳を忘れてないかと思ってね。タバコはやめたよ」

そもそも子供のいる車内で吸わんわ。

「やめたんですか？　ウチの父はやめられないって言ってますけど」

「今、親戚《しんせき》の小さい子を預かっていてね。あと猫を飼い始めた。だからやめたね」

「へー。猫を飼っているんですか。いいですねー」

橘さんが猫に食いついた。

「どうしたー？」

橘さんが上機嫌になっていると、一ノ瀬君が戻ってくる。

「山田さん、猫を飼っているんだって」

「へー。あ、水とコーヒー。あとお釣り」

一ノ瀬君は興味なさそうに相槌《あいづち》を打つと、橘さんに水を渡し、俺にコーヒーとお釣りを渡した。

「ありがとう。猫の写真ってないんですか？」

橘さんは軽くお礼を言うと、すぐに猫の話題に戻した。

「写真は撮ってないねー」

「えー……撮ってくださいよー。気になる」

いや、君の目の前にドヤ顔をしているミリアムがいるんだけどね。しかし、この子達にもミリアムが見えないいんだな……

「あまり写真を撮らないからね」

「撮ってきてくださいよー。私、猫が好きなんです」

はいどうぞ、ってミリアムを渡したいな……

「じゃあ、今度、撮ってくるよ」

ミリアムさん、いいよね？

「あ、連絡先を交換しましょうよ。それで送ってください」

「あー、そうだね。どちらにせよ、連絡が取れないといけないもんね。ほら、一ノ瀬君も」

「そういえば、そうだな」

俺達はスマホを取り出し、連絡先を交換し合った。もっとも、一ノ瀬君と橘さんはお互いの連絡先を元から知っていたみたいだが。

「グループを作りますねー」

橘さんはものすごく上機嫌だ。一方で一ノ瀬君は黙々とおにぎりと総菜パンを食べている。二人共、さすがは高校生って感じがする。しかも、陽キャ。俺の学生時代とはちょっと違うようだ。

「……魔力を感知したにゃ」

橘さんと猫の話を続けていると、耳元でその猫がボソッとつぶやいた。そう言われて、昼に読んだ祖父《じい》さんの本に書いてあった魔力探知を使ってみると、確かに微弱だが、魔力を感じた。もちろん、ミリアムでもこの二人でもない。もっと遠くから感じる。

「ん？　山田さん、どうされました？」

橘さんは何も感じていないようだ。

「いや、なんか変な感じが……」

「え？　うるさかったです？」

橘さんがちょっとショックを受けた顔をした。

「いや、そういうことじゃないし、橘さんの話は面白いよ」

「そ、そうですか？」

橘さんがえへへと笑う。

「キョウカ、魔力を感じるぞ」

「え？」

いつの間にかおにぎりと総菜パンを食べ終わった一ノ瀬君がそう言うと、橘さんが驚いたように振り向いた。すると、そのまま動かなくなる。

「本当だ……それもこれは……三人かな？」

確かに魔力は三つある。

「来たな」

一ノ瀬君がニヤリと笑った。ちょっとかっこいい。

でもさ、君、口くらい拭《ぬぐ》おうよ。ケチャップが付いてるよ？

一ノ瀬君にティッシュを渡し、口を拭かせると、そのまま待つことにする。すると、いかにも悪そうな三人の不良が公園にやってきた。

「あれか……」

「確かに悪魔にとり憑かれてるな」

一ノ瀬君はわかるらしい。

「よし！　準備、準備。ユウセイ君、刀を取って」

「ほい」

後部座席の一ノ瀬君が橘さんに刀袋を渡した。すると、橘さんが刀袋から刀を取り出し、鞘《さや》から抜く。そして、じーっと刀を見つめ始めた。

「あ、あの……刀はマズいんじゃ？」

「黙ってろ」

え？　橘さん？

「山田さん、キョウカは気が弱いんでああやって自己暗示をかけているんだよ」

一ノ瀬君が説明してくれる。

「昔のアニメで見たことあるな……」

「多分、それ。キョウカの兄貴がその漫画を持ってるし」

マジ？

「……我、最強なり」

あ、マジだ。確定演出きた。

「橘さん？」

「何？」

さっきの笑顔はどこに⁉　人斬りの目をしてるし！

「猫、可愛《かわい》いよね？」

「可愛いですよね！　あっ……もう！　やめてくださいよー。やり直しです」

橘さんが再び、刀を見つめ始めた。

「思ったより、暗示が弱いね？」

一ノ瀬君に聞く。

「あまり強くしたらマズいだろ。令和の人斬りってニュースになる」

それは嫌だわー。しかも、それが知り合い。

「あのさ、刀って大丈夫なの？　悪魔がとり憑いているとはいえ、人でしょ？」

「あの刀は霊体しか斬れない刀だよ。人を斬ってもすり抜けるんだ。代わりに魔法とかも斬れる」

すごいな。しかし、人斬りの雰囲気出してるくせに人は斬れないのか。主人公の方じゃん。

「よし、二度もしてしまったが、問題ないだろう」

橘さんがまた人斬りの目になった。

「それでどうする？　キョウカにやらせるか？　多分、すぐだぞ」

一ノ瀬君が聞いてくる。一応、俺をリーダーとして認めているようだ。

「橘さんも見たいけど、今日はお互いの力を知るための仕事だからね。ちょうど三人いるし、皆で行こう」

「なるほど……確かに」

一ノ瀬君は納得したようだが、隣の女子高生が睨《にら》んでくる。

「私が三人斬りたいな」

堂々と人斬り発言だ。

「橘《たちばな》さん、俺と一ノ瀬《いちのせ》君の話を聞いてた？」

「聞いていた……仕方がない。山田さんの言うことを聞いておくか」

橘さんは渋々だが、了承してくれた。

「じゃあ、行こうか。君らに言うことじゃないだろうけど、気を付けて」

「ああ。山田さんも」

「誰に言ってる？　ふっ」

いやー、この子、心配だわー。主に将来が。

俺達は車から降りると、公園のベンチの前でたむろっている三人の不良のもとに行く。すると、近づく俺達に気付いた三人が睨んできた。

「おい、なんかムカつかねーか？」

「ああ……なんでかすげームカつく」

「あの女なんて刀を持ってるぜ」

俺達のことがムカつくらしい。とり憑いている悪魔の影響だろうか？

「あー、はいはい。そういうのはいいから。おい、悪魔、そいつらからさっさと出ていけ。さもないと、祓《はら》うことになる」

一ノ瀬君が慣れた感じで勧告する。

「なんだ、このガキ！」

「ちょっと可愛がってやろうぜ」

「泣いても許さねー……からな！」

一人の男が何もしゃべっていない橘さんに殴りかかったので手を伸ばして、男の腕を掴《つか》む。

「あ？」

男が驚いたように声を上げると、手を引いて、こちらに向かってきた男の腹を殴った。

「っ！　おぅ……」

男はロクにしゃべることもできずに崩れ落ちる。

「かっこいいとは思うし、守ってくれたことに感謝もするが、私の獲物を取るな」

橘さんが無表情で告げた。

「とっさでね。ごめん、後は任せるよ」

そう言って、後ろに下がる。

「てめー！　よくも！」

「絶対に許さねーぞ！」

二人の男が俺を睨み、怒鳴ってきた。だが、まったく怖いと思えない。

「はいはい。いいから」

一ノ瀬君はそう言った瞬間、動いた。すごいスピードで一人の不良の懐に飛び込むと、掌底で顎《あご》をカチ上げたのだ。

「ぐぅ！」

男は顔を上に向けたまま、膝《ひざ》から崩れ落ちるように倒れる。いや、死ぬんじゃない？

「なっ！　お前ら、何だ⁉」

最後の一人が叫ぶと、橘さんが刀を抜いた。

「私達はお前達を殺しにきたんだ」

「違うよー」

「いや、ちげーよ」

物騒なことを言う橘さんに俺と一ノ瀬君が同時にツッコむ。

「ク、クソッ！」

男は橘さんに向かって殴りかかった。この男が悪魔にとり憑かれているんだろうなーというのがよくわかる。普通、相手が女子高生であっても刀を持っている人間に殴りかかったりはしないからだ。

「遅い」

橘さんがぶれたと思ったら姿が消え、いつの間にか男の後ろに立っていた。男は動かなくなると、そのままばたりと倒れる。

「またつまらぬものを斬ってしまった……」

いやー……数年後に思い出してベッドの上でバタバタしないでね。

「終わったな。じゃあ、回収班に電話するわ」

一ノ瀬君があっさりそう言って、スマホを取り出し、電話しだした。俺は橘さんが倒した男の身体《からだ》をまさぐり、腹部を見てみる。

「どうした？　さすがに財布を取るのは看過できんぞ」

橘さんが睨んできた。

「いや、本当に斬れてないのかなと思って」

「人は斬れないってユウセイ君が説明していただろう。それにしても……」

橘さんが近づいてくると、上半身をかがめ、俺の顔をまじまじと見てくる。正直、近い。

「何か？」

「私が腹を斬ったのが見えていたのか」

「まあ……」

「山田《やまだ》さん、すごいな。あそこまで魔力をコントロールできるうえに私の動きが見えたのか……それに私やユウセイ君より先に悪魔に気付いた。新人とは思えないくらいに優秀だな…………私は強い男がこの……山田さん、ちょっと私の頭を叩《たた》いてくれないか？」

は？

「何を言ってるの？」

「いや、戻りたい。二度も暗示をかけちゃったからちょっと刺激がいる」

あー、暗示か。

「猫、可愛いよね？」

「ですねー！　あ、戻れた」

橘さんは笑顔を取り戻した。

「大丈夫なの？」

「はい、大丈夫です」

橘さんがふぅと額を拭い、刀をしまう。

「山田さん、キョウカ。回収班がすぐに来るそうだから帰ろうぜ」

一ノ瀬君がスマホをしまいながら声をかけてきた。

「放っておいていいの？」

「俺達がここにいても意味ないしな。騒ぎになってもどうしようもない」

それは君達が高校の制服だからでは？　しかし、そう考えると、さっさと退散した方が良いな。

「わかった。戻ろう」

俺達は駐車場に停めておいた車まで戻る。車に乗り込むと、飲み物を飲み、一息ついた。

「山田さん、強いな。本当に初心者か？」

一ノ瀬君が身を乗り出して聞いてくる。

「初心者だよ。君達もさすがだね」

「まあ、俺達は子供の頃からやっているからな」

「私なんてまだまだです」

橘さんが二重人格に見えてきたな。

「でも、これで大体、皆の実力はわかったね」

「まあ、そうだな」

「ですね」

問題はないだろう。

「じゃあ、今日は帰ろうか。どうする？　家まで送っていくよ？」

「いや、協会の本部でいい。そんなに遠くないし」

「私もですね」

「了解。じゃあ、協会に戻るよ」

そう言って、車を発進させると、協会を目指す。帰りはそこまで混んでいなかったため、行きより早く到着した。協会に着くと、駐車場に車を停め、エントランスに戻り、受付に鍵《かぎ》を返した。

「次はどうしよっか？」

俺達は協会を出ると、駅に向かって歩きながら今後の予定を話し合う。

「まあ、情報を見ながらかな？　メッセージアプリで連絡し合おう」

「そうだね。私達は学校があるし、山田さんも都合や用事があるでしょうし」

異世界村の仕事があるからな。村長だもん。

「そうしようか。二ヶ月の付き合いだと思うけど、よろしくね」

「こちらこそよろしく」

「よろしくお願いします」

どうやら二人共、俺を認めてくれたらしい。俺達はそのまま歩いていき、駅で別れると、それぞれの家に帰っていった。家に着くと、ルリがご飯を用意してくれていたので三人で食べる。そして、ルリ、俺の順番で風呂《ふろ》に入ると、ルリに今日あったことを話した。

「へー……じゃあ、面倒な人はいなかったんですね？」

ちょっと個性的なところもあるが、いい子達だと思う。少なくとも、ぶつかることはなさそうだ。

「そうだね。とりあえず、三人でやってみるよ。ミリアムはどう思った？」

一緒に行動していたミリアムに聞く。

「問題はないと思うにゃ。それにやっぱり特殊な魔法を使っていたにゃ。一ノ瀬は掌底を食らわせていたが、あれは衝撃魔法にゃ。橘は……まあ、見た目通りにゃ」

見た目通りか……

「この二ヶ月で勉強になると良いんだけどね」

「まあにゃ。それと橘には気を付けるにゃ」

「橘さん？　どうかしたの？」

「あの娘、私に気付いていたにゃ」

え？

「本当に？」

「私が何なのかまでは気付いていないけど、お前の他に別の何かがいたのには気付いている様子だったにゃ。あの程度の魔法使いに見破られるわけないし、魔法じゃなくて野生の勘に近いと思うにゃ」

野生……まあ、剣豪っぽい雰囲気もあったしな。

「気を付けておくよ」

「まあ、悪い奴《やつ》ではないにゃ」

「猫好きだから？」

「そうにゃ」

現金な猫さんだなー……

「タツヤさん、スマホが鳴ってますよ」

ルリにそう言われたのでスマホを手に取ると、今日作ったグループにメッセージが届いていた。

【キョウカ：わくわく】
あ、猫の写真のことだ。
「ミリアム、悪いけど、猫好きが喜びそうなポーズをお願い」
カメラを起動し、ミリアムに向けながらお願いする。
「こうにゃ？」
ミリアムが仰向けで寝転がったので写真を撮り、メッセージに添付した。
【キョウカ：可愛《かわい》い！　黒猫さんだ！】
【山　田　：ミリアムって名前】
【キョウカ：もっと！　もっと！】
「ミリアム、もっとだって」
「仕方がないにゃー……」
ミリアムはまんざらでもない感じで色んなポーズをしていく。その度に写真を撮り、送っていった。
【キョウカ：可愛すぎる！】
【山　田　：うちの子は可愛いから】
【キョウカ：この子、わかってる！】
【山　田　：うちの子は賢いんだよ】
【キョウカ：欲しい！】
【山　田　：あげない】

【キョウカ：この子が親戚《しんせき》の子ですか？】

ん？

写真を送る度に感想を聞いていると、橘《たちばな》さんが別の反応をした。何だろうと思い、先程送った写真を見てみると、あざといポーズをしているミリアムの横に呆《あき》れた顔をしているパジャマ姿のルリが写っていた。

【山　田　：そうだね】

【キョウカ：可愛いですねー】

そう返信が来たのでルリにカメラを向ける。

「ルリー」

「何でしょう？」

ルリはそう聞き返しながらもピースをした。

「可愛いってさ」

そう言いながら写真をパシャッと撮る。

「タツヤさんもそう思われます？」

「思うよ。ルリは可愛い」

「そうですか」

ルリはそっけなく返したが、口角が上がっており、嬉《うれ》しそうだ。

【山　田　：ルリって名前。可愛いって言われて喜んでいる】

【キョウカ：めっちゃ可愛い！】

【ユウセイ：お前ら、個人でやり取りしろ。グループでやるな。通知音がうるせーよ】
あ、ごめん。
【キョウカ：ごめーん】
【山　田　：ごめんね】
そう返すと、すぐに橘さんから直接、メッセージが来た。
【キョウカ：ミリアムちゃんとルリちゃんのセットが欲しいです】
俺もその写真が欲しいのでミリアムを抱えるようにルリに頼み、写真を撮り、橘さんに送った。
【山　田　：ウチの宝物】
【キョウカ：海賊王に私はなる！】
【山　田　：あげないって】
この子、漫画好きだな……

第三章　リンゴで儲《もう》けよう！

タイマー協会での初仕事を終えた翌日の火曜日は家でのんびりと過ごした。ただ、橘さんから頻繁に他愛《たわい》のないメッセージが来る。多分、授業の合間の休み時間に送っているのだろう。俺はそれに返事をしながら祖父《じい》さんの本を読んだり、タイマー協会のアプリで良い仕事がないかを探したりしていた。

【山　田　：危険度が書いてあるけど、よくわからないね】
【キョウカ：魔力や経験的にどういう悪魔なのかを推測して決めているんですよー】
【山　田　：へー。わかんない】
【キョウカ：じゃあ、私とユウセイ君で決めましょうか？】

そうしてもらった方が良いな。経験もあるし、昨日、話してみた感じ、ちゃんとしている子達だ。任せてもいいだろう。

【山　田　：じゃあ、お願い】
【キョウカ：了解です！】
【ユウセイ：りょ】
【山　田　：ありがと】

返信すると、未読のまま返信が来なくなった。多分、授業が始まったのだろう。その後も主に橘さんとメッセージのやり取りをしつつ、本を読んでいく。そして、翌日になると、異世界の家の前に植えたリンゴの苗木を見に行くことにした。俺達は例の扉を抜け、研究室を出ると、一昨日に植えたリンゴの苗木を見てみる。

「苗木？」

「木にゃ」

「あの肥料、すごいですね……」

あんなに小さく細かった苗木がかなり成長しており、普通の木になっていた。

「まだ実はなっていないようだけど……」

「花は咲いていますね」

確かに咲いている。

「放っておけば実るのかな？」

「受粉がいるらしいですね」

ルリがタブレットを見ながら教えてくれる。そういう本とかをダウンロードしてあるのだ。

「どうやるの？」

「うーん、ちょっと面倒ですね。リンゴ農園を作るなら技術を村人に教える必要があります」

「その辺の調整もいるか……」

モニカと村長さんに相談かな。

「まあ、とりあえずはスーパー肥料がリンゴの木にも有効なのがわかっただけで十分にゃ」

「それもそうだね。帰ろう」

俺達はリビングに戻ると、今後の話し合いをすることにした。そして、この日からは特にやることもないので魔法の勉強や村の発展計画を考えながら過ごしていた。その間も橘さんと他愛のないメッセージのやり取りをしていたし、意外にも一ノ瀬《いちのせ》君からもたまに【バイト、だるい……】などといったメッセージが届いたりした。そんな感じで余裕のある生活を送っていると、金曜になり、ついに注文していた農具や肥料がすべて届いた。

「すごい量だね」

「肥料をスーパー肥料に変えて、持っていきましょう」

「そうだね。ルリ、ゴミ袋を」

「はい」

ルリがゴミ袋を持ってきてくれたので研究室に向かう。そして、例の炊飯器で肥料をスーパー肥料に変え、ゴミ袋に詰めていった。準備を終えた俺達は家を出る。すると、リンゴの木がさらに成長していた。それどころか赤い実を実らせている。

「あ、リンゴだ」

「本当にゃ！　もぐにゃ！　食べるにゃ！」

ルリの腕の中にいたミリアムはテンションが上がり、ジャンプして着地した。そして、リンゴの木を器用に登っていく。

「普通に実るもんなんだなー……」

そうつぶやきながらミリアムがガン見しているリンゴをもぐと、ミリアムに渡す。ミリアムはリンゴを抱えるように両前足で掴《つか》むと、かじっていく。

「甘いにゃ！　リンゴにゃ！」

へー……

ミリアムにそう言われたのでもう一つのリンゴを採ると、エアカッターで半分にし、半分をルリに渡し、もう半分を食べてみる。

「うまっ！」

「すごいです……これ、お店で買うリンゴよりも甘いし、美味《おい》しいですね」

本当にそんな気がする。

「これ、あっちの世界でも売れるなー」

「だと思います。でもまあ、あっちの世界よりこっちの村のためでしょう」

もちろん、そうだ。自分達が楽しめる分くらいあればいい。

俺はリンゴをもう二つほど採取すると、ルリと一心不乱にリンゴをかじっているミリアムを連れて、村長さんの家に向かう。中に入ると、村長さんとモニカが何かを話し合っていた。モニカが俺達に気付き、立ち上がると、微笑を浮かべながら綺麗《きれい》な姿勢で一礼する。

「お待ちしておりました。どうぞ、おかけくださいませ」

まーた、人間が変わってるし。有能な秘書っぽくなってる……もう眼鏡《めがね》でもかけなよ……

「村の様子はどう？」

席につくと、立ったままのモニカに聞く。

「はい。頂いた鉄製の農具を交替で使っており、皆、感謝しているようです。また、伐採をして、耕地を広げたことなどにも感謝しており、皆、タツヤ様を大魔導士様と崇《あが》めています」

崇めなくてもいいんだけどなー……あと呼び方が山田《やまだ》さんからタツヤ様に変わっている……

「例の大根は？」

「収穫して、食べました。美味しいとは思うんですけど、辛いですね」

生で食べたか……生はちょっと辛いかもしれない。

「肥料のことを皆は知ってるの？」

「コーディーさんが家族に言ったようです。後は伝言ゲームですね」

まあ、そうなるよね。狭いコミュニティだし。

「どんな様子？」

「半信半疑といった感じでしょうか？　普通ではありえないことですから。でも、大魔導士様なら……という期待感もあるようで」

なるほどね。

「ありがとう……村長さん、言っていた農具を十セット、それと肥料をお持ちしました」

モニカに礼を言うと、村長さんに報告した。

「おー！　早いですな！」

ポチッとするだけで家に届くからね。

「ええ。早速、お渡ししたいんですが、その前に今後のことで話があります」

「今後ですか……何でしょう？」

「まずですが、モニカのことは？」

最初に大事なことを確認する。

「聞いております。雇われたんですね。私も今後のことを考えると、そうした方が良いと思っておりました。モニカは村民からの人望もありますから」

村長さんがそう言うのでモニカを見ると、涼しい顔で微笑《ほほえ》み、軽く頭を下げた。この前までなら照れ笑いを浮かべただろうに本当に人が変わっている。

「私もそう判断しました。その際にモニカから名産を作った方が良いという進言を受けました」

「はい。それも聞いております。名産のことはタツヤ殿にお任せするとして、我らはそれを売る先の商家を検討しているところだったのです」

仕事早いなー。この人、絶対に有能だろ。

「それはありがたいです。村長さん、私が村長の座についても協力してくれますよね？」

「もちろんです。私もこの村を愛しております。老い先短い私の残された使命みたいなものですよ」

重い……失敗できなくなった……

「わかりました。必ずや成功させましょう」

「ええ」

村長さんが深く頷《うなず》く。

「村長さん、モニカ。実は名産はこれにしようと思っています」

そう言って、さっき採取した二個のリンゴをテーブルに置いた。

「赤い……果実ですか？」

「見たことがないですね」

村長さんとモニカがまじまじとリンゴを見る。

「はい。リンゴという果物です。私の家の前に実っていました」

嘘ではない。

「ほう……結構、重量がありますな」

「本当ですね」

二人はリンゴを手に取り、重さを量った。

「それはそのまま食べられますので食べてみてください……あ、いや、切りましょう」

女子はそのままかじらないだろうし、村長さんは歯が心配だ。

「私が」

ルリがそう言うと、皿と包丁を取り出し、リンゴを切り分けていく。さすがはいつも家事をしているだけあって見事な包丁さばきだった。

「どうぞ」

ルリはリンゴを切り分けると、二人に勧める。すると、村長さんとモニカとミリアムがリンゴを口に入れた。

「おー！　これはすごい！」

「甘い……すごく美味しいです！」

「にゃ！」

一匹は置いておくとして、二人は絶賛しながらリンゴを食べていく。

「どうでしょう？　名産になるでしょうか？」

「なります！　これはなりますぞ！」

「はい。王都でもここまでの果物を食べたことがないです」

「にゃー！」

さすがにルリがミリアムを抱えて、大人しくさせた。

「それは良かった。問題はこれが育つのに数年かかることですが、それも例の肥料で解決できるでしょう」

「確かに！　それなら早期に安定供給ができます！」

村長さんが興奮する。

「タツヤ様、こうなると、より一層、卸す商家が大事になってきます。質の悪いところだといちゃもんをつけて、買い叩《たた》かれる可能性も出てきます」

どこの世界にもそういうのはいるか……

「信用できるところを探すか……と言っても伝手《つて》もないしねー」

「はい。問題はそこです。私も村長さんも商人に知り合いなんていません」

まあ、そうだろうな。

「すると、どうする？」

「一番楽なのは私が監査官として、国王陛下に報告することです。実際にこのリンゴを持っていけば、十分に認められますし、商人を紹介してもらえるかもしれません」

「それで良いと思うけど？」

何か問題が？

「いえ、そうすると、この村の近くにある町の商人に恨まれます。それに下手《へた》をすると、その町の領主様から反感を買う可能性もあります。商売をするにしても何かを仕入れるにしても近隣の町からですし、反感を買うのは避けた方がいいです。どのような嫌がらせを受けるかわかりません」

流通のことがあるしなー。この世界のことがわからないけど、関税とか取られると、面倒だ。それに嫌がらせで済めばいい。こんな小さな村は簡単に潰《つぶ》される。

「その町を通した方がいい？」

「はい。領主様に事情を説明し、協力を仰いだ方がいいです。幸い、近くにある町の領主であるクロード様は悪い噂を聞きません。実際、この村にもわずかですが、援助もしてくださっています」

援助をしてもらっているのか……それはますます無視はできんな。

「わかった。準備が整い次第、そちらに出向こう」

「はい。そういうわけで私はこれから王都に行き、正式にタツヤ様が村長になったことと村の運営に目途が立ちそうなことを先に報告してまいります。その帰りにクロード様のもとに行き、これまでの援助の礼と共に同じく、村の運営に目途が立ちそうなこと、そして、リンゴの件を先に少しだけ話しておきましょう。何しろ、王都に行って帰るまでに二十日以上はかかりますので」

動くなら早め早めか。

「わかった。こちらはそれまでに村を整え、リンゴ農園を作るよ」

「お願いします。では、私はこれで」

モニカさんが一礼をすると、家を出ていった。

「人って本当に変わるんだなー……」

有能感がすごい。

「彼女は魔法使いではなく、政治家を目指すべき人間だったんでしょうな……」

なまじ魔法の才能があったから自分の本来の才能に気付かなかったわけか……

「では、あっちのことはモニカに任せるとして、私達も動きましょうか」

「そうですな。外に農具と肥料を出しておいてください。私が村の者を集めてきます」

「わかりました」

俺達は家を出ると、村長さんが村人を呼びにいったのでその間に空間魔法に収納していた農具一式と肥料を取り出し、待つことにした。そのまましばらく待っていると、村の人達が続々と集まってくる。そして、村長さんが最後の夫婦を連れて戻ってきた。

「皆、タツヤ殿が農具を提供してくださった。また、特別な肥料も頂いたぞ」

村長さんが村の皆にそう言うと、おーっという声があがった。

「コーディー、頼むぞ」

「わかった。皆、農具と肥料を持ってくれ。畑に行く」

村長さんが肥料のことを知っているコーディーさんに頼むと、コーディーさんが引き継ぐ。すると、皆が俺に礼を言いながら農具や肥料を手に取り、畑の方に向かっていった。

「タツヤ殿、畑の方はコーディーに任せましょう」

「そうですね。では、私達はリンゴ農園を作ります。木を植える場所はどこがいいですかね？」

「そうですなー……この前、タツヤ殿が広げてくださったところは農地にしたいですし、逆に東の方が良いかもしれませんな」

村長さんが考えながら提案してきた。

「わかりました。では、そっちの方も広げましょう」

「よろしくお願いします」

俺達は村長さんと別れると、村の東の方に行ってみる。すると、やはり木が生い茂っていた。

「ここってどれだけ深い森なんだろう？」

一本の木に触れながら聞いてみる。

「実はわかっていません。そのくらいに深い森であり、調査も進んでいないんです」

「そんなところをいきなり開拓か……」

本当にダメで元々なんだな。

「逆に言うと、完全に手付かずなんですよ。開拓しただけ自分の領地です」

「山田王国にゃ」

ダサい……いや、俺の名前なんだけども。

「国はいいかなー……それにそんなに大きくしても管理できないよ。適度な大きさでスローライフが一番」

「それもそうですね。それでリンゴの木をどれくらい植えましょうか？」

ルリが本題に戻した。

「そうだねー……取引が未定だし、広げようと思ったらいつでもできるわけだからまずは二十本くらいでいいかな？　増やしすぎても村の人が三十人しかいないわけだし」

「確かに労働力の問題もありますね。近い将来には人を集めることも考えないといけないでしょう」

人ねー……発展すれば自然と人が増えるだろうし、それを待つか積極的に集めるかだな。まあ、その辺は村長さんとモニカに相談しよう。

「よし、とりあえず、木を伐っていこう」

俺は前回と同じように魔法で木を伐っていった。

「空間魔法の中にどんどんと木が溜まっていくなー……空間魔法の容量ってどれくらいなの？」

伐採作業を続けながら聞く。

「術者の魔力に依存します。タツヤさんは魔力が非常に多いですからまだまだ余裕でしょう」

「ふーん……でもさ、木ばっかりになっていくよ？」

「木も木材になりますから村人が使うと思います。冬になれば薪も必要ですし」

ストーブなんかないだろうし、そっちかー。もしかしたらそういう魔道具があるのかもしれないが、まだ買えない。

「それが良いと思います。それに村人達の家もどうにかした方が良いかと」

確かに……

「提供しようか」

「プレハブでも買う？」

いくらするんだろ？

「プレハブは目立ちますし、高いと思います。のこぎりと丸太があれば村人達が勝手に作るんじゃないですかね？」

のこぎり良いな。加工には便利だ。

「のこぎりとやすりを買うかなー。高いものじゃないし」

「良いと思います。タツヤさん、伐った木を出してください。私が枝を落としておきましょう」

「私も暇だから手伝うにゃ」

ミリアムも手伝ってくれるらしい。

「じゃあ、お願い」

二人に任せることにし、前回の分の木を出すと、ルリが枝を落とし、できた丸太と枝をミリアムが回収していった。俺も再び、伐採作業に戻る。そのまましばらく木を伐っていると、リンゴの木が二十本くらいは植えられるスペースができた。

「こんなもんかなー？」

「こちらも終わりました」

「にゃ」

周囲を見渡してみると、さっきまで森だった場所が綺麗《きれい》な耕地に変わっていた。

「魔法って本当にすごいな」

現代でもこんなに早く伐採はできないだろう。

「すごいのはタツヤさんですよ」

「そうにゃ、そうにゃ。早くリンゴの木を植えるにゃ」

猫さんは欲望に忠実だな。

「植えるにしても苗木を買わないと」

あと、のこぎりとやすりと肥料。

「よし、戻って買うにゃ」

「じゃあ、今日は帰るか」

俺達は村長さんに挨拶《あいさつ》をすると、家に戻った。そして、早速、リンゴの苗木を二十本、のこぎりとやすりを十セット、さらには肥料を注文すると、一息つく。

「タツヤさん、このログハウスの作り方っていう本を買っても良いですか？」

リビングでまったり過ごしていると、タブレットを見ていたルリが顔を上げた。

「本？　いいけど、村の人達は読めなくない？」

文字の読み書きができるのはモニカと村長さんだけだ。もっと言うと、こっちの世界の文字だから読めるのは魔法使いであるモニカだけ。

「私が図解してわかりやすいようにします」

「大変じゃない？」

「大丈夫です。他にやることはないですし、私、絵を描くのが得意なんです」

趣味なのかな？

「じゃあ、お願い。本はそんなに高くないだろうし、好きに買っても良いよ」

「ありがとうございます」

ルリは礼を言うと、タブレットをタップし、ノートを取り出した。そして、タブレットを見ながら何かを描き始める。

「あ、電子書籍か。便利だねー。色鉛筆でも買ってこようか？」

文房具屋に売ってるだろ。

「いいんですか？」

「色んな色があった方がわかりやすいでしょ」

白黒だけはちょっとね……

「じゃあ、買いに行ってきます。夕飯の食材も買いたいですし」

「一緒に行こうか？」

「はい」

ルリは嬉《うれ》しそうだ。非常に可愛《かわい》い。

「私も行くにゃ！」

ミリアムが段ボール箱から出てくる。この子も非常に可愛い。

俺達は買い物に行き、文房具屋で画材セットを買った。そして、ルリが数日をかけて、翻訳したログハウスの作り方のノートを作ってくれたので、その間に届いたのこぎりとやすりと丸太を村長さんに託した。その時に村を見て回ったのだが、畑には野菜がたくさん実っており、スーパー肥料は十分に使えることがわかった。その際、村人から感謝されまくり、本当に崇《あが》められている気がした。ちょっと気が引けたが、それだけ役に立っているのだと思った。

さらにそれから二週間が経《た》ち、この日は放課後にタイマー協会の仕事をしていた。運良くと言っていいのかはわからないが、公園で低級悪魔を発見したので危なげなく倒し、車に戻った。

「今日はこの辺かな？」

時刻は二十一時を回っており、明日も学校がある二人のことを考えると、解散でいいと思う。

「そうだなー……山田《やまだ》さん、今後のことで相談があるんだけど、いいか？」

後部座席にいる一ノ瀬《いちのせ》君がそう言うと、橘《たちばな》さんが不自然にぷいっと窓の外を見た。

「どうしたの？」

「いや、再来週にキョウカのお小遣いを決めるイベントがあるんだよ。それで現実逃避をしているだけだと思う」

あ、中間テストか。確かにその時期だ。

「橘さん、大丈夫？」

不自然に窓の外を見ている橘さんに聞いてみる。すると、橘さんが口元が引きつったヘタクソな笑みを浮かべながらこちらを向いた。

「だ、大丈夫です」

橘さんがそう答えながらもすっと目を逸《そ》らす。

「大丈夫じゃないんだね……」

「まあ……そうとも言いますかね？」

他にどう言うんだ？

「来週はテスト勉強でいいよ。そっちを優先して」

「すんません……」

何故《なぜ》か一ノ瀬君が謝った。

「一ノ瀬君は？」

「俺は普通。別に進学する気もないし」

あ、そうなんだ。でも、確かにこの職業に学歴はいらないか。

「私も進学はしませんね」

「進級はしてね。あと、お小遣いアップ目指しなよ」

「そうですね……勉強かー……」

嫌いなんだろうなー。頭が良さそうに見えるんだけど……

「再来週はテストだし、仕事はそれが終わってからでいいよ」

「大丈夫か？」

「大丈夫、大丈夫。他にやることがあるし、そっちをするよ」

もちろん、異世界村のこと。村長だし。

「じゃあ、それで」

「了解。橘さん、勉強頑張って」

「あ、はい……」

橘さんはすごく嫌そうな顔をしたが、一応、頷《うなず》いたので協会の本部に戻り、解散となった。


翌日、頼んでいたリンゴの苗木が届いたため、リンゴ農園を作るために村に行くことにした。俺達は朝食を食べ終え、準備をすると、研究室で肥料をスーパー肥料に変えていく。もちろん、ミリアムは逃げた。俺とルリはかなりの量の肥料を変え、ゴミ袋に詰めていくと、一時間くらいでようやくすべての肥料をスーパー肥料に変え終わった。

「あー、疲れた。行くか」

「はい」

「早く行くにゃ。辛《つら》いにゃ」

ミリアムがきつそうなのでさっさと研究室を出ると、両側が森に囲まれた道を歩いていき、村に到着する。

「あれ？　様子がかなり変わってない？」

「家がログハウスになってますねー」

あのぼろ家がログハウスに変わっていた。それだけでキャンプ場みたいに見える。ただ、家の配置とかも変わっているため、どこが村長さんの家かわからない。

「どれが誰の家だろ？」

「さあ？　誰かに聞いてみましょう」

「そうするか……」

俺達は村の中を見て回っていると、畑で収穫をしているコーディーさんを見つけた。

「こんにちは、コーディーさん」

「ん？　ああ、山田さん。見てくれよ、この野菜。おかげで大収穫だ」

コーディーさんが収穫した野菜を見せてくる。

「すごいですねー。それよりも家が変わったのに驚いているんですけど……」

「いや、あんたらがくれたものだろ」

まあ、そうなんだけどさ。

「早くないです？　二週間やそこらですよ？」

「あれだけの道具と綺麗な丸太があればすぐだよ。冬になる前に整えようってことで村の皆、総出でやったし」

うーん、それでも早い気がする。

まあ、こんな所に住んでいるんだから木の扱いは得意なのかもな。

「どうです？」

「おう。すごく良いな。住みやすいし、暖かい」

「それは良かったです。ちなみに、村長さんの家はどこですかね？　場所がわからなくなってしまって」

「そりゃそうだな。あそこだよ」

コーディーさんが先にあるログハウスを指差した。

「どうも。行ってみます」

「はいよ」

俺達はコーディーさんと別れると、村長さんの家に向かった。玄関の扉の前に来ると、一応、ノックをする。

『誰かな？』

村長さんの声だ。

「私です。山田です」

『おー！　どうぞ、どうぞ』

許可を得られたので家に入ると、ガラスの窓まである普通のログハウスだった。

「こんにちは。いやー、びっくりしましたよ。家が全部、変わっているんですもん」

「皆も張り切っていましたからなー。どうぞ、おかけください」

村長さんに勧められたのでテーブルにつく。

「窓ガラスもあるんですね」

「ええ。例の肥料により余裕ができましたので近くの町で買ったんですよ」

「へー……」

ここしか知らないからいまいちこの世界がどのくらいの文化レベルなのかわからんな。

「ありがたいことです。村の皆も活気づいておりますし、タツヤ殿に感謝しております」

「崇めるのはやめてほしいですけどね。モニカは？」

「まだ戻っておりません。ですが、もうすぐでしょうね」

モニカはまだか。まあ、往復で二十日って言ってたし、そんなものかもしれない。

「わかりました。本日はリンゴの苗木を二十本持ってきたのでいよいよリンゴ農園を作ります」

「そうですか。ついにですな……」

村長さんが雰囲気を出す。

「はい。早速ですが、東の耕地に植えてきます」

「わかりました。終わったらまた来ていただけますかな？」

「ええ。そのつもりです」

「では、よろしくお願いします」

俺達は村長さんの家を出ると、この前伐採した村の東に向かった。そして、空間魔法で土を収納し、苗木を植える作業を繰り返していく。

「こんなもんかなー？」

すべての苗木を植え終えると、汗を拭《ぬぐ》った。

「多分、数日で実るでしょうね。楽しみです」

「そうだね。ルリ、水をお願い」

「はい」

ルリは頷くと、一本一本の苗木にシャワーみたいな水をかけていく。その光景はやはり可愛いし、微笑《ほほえ》ましい。

「終わりましたー」

「ありがとうね」

ルリが戻ってきたので頭を撫《な》でる。

「パパ？」

「パパじゃないよ」

そういう経験すらないよ。あ、泣きそう。

「山田、哀愁を漂わせてないで村長のところに戻るにゃ」

「あ、そうだね」

俺達は村長さんの家に戻ることにし、歩いていくと、村長さんの家の前に村の皆が集まっているのが見えた。

「何あれ？」

「さあ？」

「行ってみるにゃ」

俺達はそのまま歩いていき、皆の前で立っている村長さんのところに向かう。

「村長さん、何をしてるんです？」

「おー、タツヤ殿。戻ってこられましたか。どうでしたかな？」

「ええ。すべての苗木を植えてきました。これで数日、様子を見ます」

「それは良かったです」

村長さんがうんうんと頷いた。

「それでどうしたんですか？」

「もうすぐモニカも帰ってきますし、村の行く末に目途も立ちました。そろそろかと思いまして」

あー、村長を交代するってことか。

「確かにちょうどいいかもしれませんね」

「はい。では……皆、少し話を聞いてほしい！」

村長さんが皆に語り掛ける。

「ここにいるタツヤ殿のおかげでこの村もかなり安定した。今、監査官のモニカが王都に行き、この村の運営に目途が立ったことを報告しに行っている」

村長さんがそう言うと、皆がざわめき始めた。

「村長、それは本当か？」

村人の一人が聞く。

「ああ。そして、それは認められるだろう。これからはさらなる発展と安定を目指して、皆で頑張ってほしい」

「ここが正式に村になるのか」

「確かに作物は安定して採れるようになったしね」

「ようやくか……」

「大魔導士様のおかげね――」

皆が顔を見合わせた。

「皆、最後まで聞いてほしい！　これからこの村はさらなる発展を目指すが、ワシはもう年だ。かねてより、引退を考えており、その相談をモニカとしていた。そこでだ、ワシは引退し、この村のことはここにいるタツヤ殿に任せたいと思う。賛成の者は拍手を！」

村長さんがそう言うと、皆が大きな音を立てて、拍手をする。

「うむ。では、今日この日をもって、この村はタツヤ殿が村長となる。とはいえ、皆も知ってる通り、タツヤ殿は亡きタダシ殿の遺志を継いだ大魔導士様で大変お忙しい。だから何かあればワシかモニカに相談してくれ」

「あれ？　村長さんも残るのか？」

「というか、モニカも？」

村人達が確認する。

「ワシは当然、残るし、タツヤ殿の手伝いをする。また、監査官のモニカは仕事を辞め、タツヤ殿にお仕えするそうだ。すでにそのために動いており、もうすぐ戻ってくるだろう」

村長さんがそう言うと、村人たちが顔を見合わせた。

「もうすぐ……」

「モニカの家を作ってないな……」

「急いだ方が良くないか？」

「あいつ、泣くんじゃないか？」

モニカの家を作ってないらしい。まあ、いないし、後回しだわな。

「……話は以上だ。皆、これからも頼むぞ」

そう言うと、皆が歓声を上げる。

「よろしい。それではすぐにモニカの家を作りなさい。タツヤ殿の秘書を務めるんだぞ」

秘書っぽいと思ってたけど、本当に秘書なんだ……

「マズい……」

「おい、動ける奴《やつ》は？」

「皆、行けるだろ」

「急げ」

男性陣が慌ててどこかに行くと、女性陣も帰っていった。

「それではタツヤ殿、これからよろしくお願いします」

村長さんが頭を下げる。

「こちらこそお願いします。村長さんが言うように、私はずっとこの村にいるわけではありませんから」

「お任せを。それと村長はタツヤ殿ですので私のことはダリルとお呼びください」

そういえば、ダリルって名前だったな。皆が村長と呼ぶから忘れてた。

「では、ダリルさん。よろしくお願いします」

「はい。リンゴの苗木の世話もお任せを」

「あ、そうだった。ルリ」

「はい」

ルリがダリルさんにノートを渡す。

「これは？」

「リンゴの木の管理の仕方が書いてあります」

「ありがとうございます」

「では、お願いします」

俺達は後のことを任せると、家に帰ることにした。そして、家に帰ると、ルリが淹《い》れてくれた濃い番茶を飲みながら一息つく。

「いやー、本当に村長になっちゃったね」

「これは始まりにゃ。大貴族山田《やまだ》の偉大なる一歩にゃ」

大貴族山田もダサいなー。全国の山田さんに悪いけども。

「まあ、大貴族は置いておくとしてもタツヤさんが目指すスローライフにはかなり近づいたと思います」

「まあねー。お金も安定して入るようになったし、村も大丈夫そう」

実に順調だな。

◆◇◆

『クロード様、少しよろしいでしょうか』

私が仕事をしていると、ノックの音と共に執事の声が聞こえてくる。

「構わん」

そう答えると、執事が部屋に入ってきて、一礼した。

「失礼します」

「何かあったか？」

「はい。南の開拓村の監査官を務めていた者がクロード様にお会いしたいと訪ねてきております」

「監査官？」

しかも、務めていたという過去形だ。何かあったか？

「用件は？」

「直接、クロード様と話したいと」

直接……

「バカか？　それとも無礼者か？」

私はこの辺りを治める領地貴族だぞ。

「いえ、そのどちらでもないかと……私としても会うべきと判断し、クロード様に伺っております」

会うべき……何か問題事か？

「わかった。会おう。連れてこい」

「はっ」

執事は頭を下げると、退室していった。

「ふう……」

ペンを置くと、一つ息を吐く。

南の開拓村か……あの大森林を開拓なんて国も無茶なことを考えると思ったが、何かあったのだろうか？　不正か？　いや、監査官だったというセリフから何かの密告かもしれない。

私が何だろうと考えていると、ノックの音が響いた。

「どうぞ」

そう声をかけると、扉が開かれ、執事と共に女が入室してくる。その女を見た瞬間、執事が会うべきと言った理由がわかった。女は白と青を基調とした上質なローブに身を包んだ金髪の女だったのだ。端整な顔つきであり、髪質も綺麗《きれい》で輝いている。

チッ！　貴族か……

監査官と聞いたから庶民の魔法使いかと思っていたが、こいつはどう見ても貴族だ。

「お初にお目にかかります。南の開拓村で監査官を務めていたモニカ・アーネットと申します」

モニカと名乗った女が恭《うやうや》しく頭を下げた。

アーネット？　聞いたことがない……貴族じゃない、のか？　いや、そうか。貴族なわけがない。貴族があんな開拓村の監査官に任命されるわけがない。だとすると、こいつは……

「クロード様？」

執事に声をかけられてハッとした。

「いや、申し訳ない。私はこの辺りを治めているクロードだ」

「もちろん、存じております。この度はお忙しい中、お会いできて光栄です」

貴族ではない……貴族ではないが、貴族にしか見えんな。あまり無下にはしない方がいいだろう。

「うむ。それで監査官を務めていたというのはどういう意味かな？」

「はい。実は南の開拓村ですが、皆様のご協力もあり、村として運営していける目途が立ちました。そこで先日、そのことを国に報告してきたのです」

目途が立った？　あの森で？

「本当か？」

「はい。本日はこれまで多大な援助をしてくださったクロード様にもその報告と御礼を伝えに参りました」

援助と言ってもたいしたことはしてない。国はダメで元々と考えていただろうが、私は絶対に無理だと思っていた。何故《なぜ》なら我が家にはこれまで何度もあの森を開拓しようとしてきた歴史があるのだ。だが、すべて上手《うま》くいかなかった。理由は簡単。あの森の土壌では作物が育たないからだ。だから援助と言っても対外的に援助をしているというポーズのためだった。

「そうか。目途が立ったか……いや、そういうことならめでたいことだ。私も嬉《うれ》しい」

「ありがとうございます」

モニカがうっすらと微笑《ほほえ》む。どう見ても上流階級のそれだ。

「して、その村はどうするのだ？　私の領地として管理してもいいが……」

正直、微妙だ。いくら村としてやっていける目途が立ったと言ってもどれほどなのかわからん。

何とか食い繋《つな》ぐことができるようになったくらいなら税収は期待できないし、下手《へた》に責任者になると、何かあった時に見捨てるわけにはいかないからと、出費の方が大きくなる可能性がある。

「いえ、村長が代わりまして、その新しい村長がその地を治めることになりました」

「そうなのか……ん？　村長が代わったのか？　聞いていないが」

「事後報告となり申し訳ありません。前村長が高齢だったこともあって、この機会に代わったのです。それも併せて国に報告した帰りなのです」

なるほどな。確かに村長は爺《じい》さんだったし、これを機会に代わるのも理解できる。

「わかった。しかし、大丈夫か？」

「はい。問題ありません。皆で協力していこうということになりました」

うーん……甘いなー。それで上手くいくわけがない。

「新村長はどのような人物なのだ？」

「あの村に住んでいた者の孫ですね。その者が亡くなったので代わりにやってきた者です」

なるほど。よそ者か。学があったんだろうな。

「まあ、わかった。そういうことなら私は口を出さんし、好きにするがいい」

「ありがとうございます。これもひとえにクロード様のお力添えのおかげです」

何もしてないがな。

「今日はその報告かな？」

「はい。代替わりしたばかりで、今の村長が動けそうにないため私が代理で参りました」

は？　代理？　使者ということか？

「君は監査官ではないのか?」

「この度、辞表を出し、退職しました。そして、新しい村長にお仕えし、秘書を務めております」

秘書……あんな開拓村に? こんな女が? あー……愛人か。庶民であろうこの女がこんな格好をしているのは貢がれたか、男の趣味か……まあ、どうでもいいな。

「わかった。話は以上かな?」

「実はもう一つありまして……」

まだあるのか……

「何かな?」

「これは国にも報告したのですが、村の運営に目途が立った理由はある果物の栽培に成功したからなのです」

果物?

「なんだそれは?」

「リンゴという赤い果実です。これの流通や卸し先についてクロード様にご相談させていただきたいというのが我が主《あるじ》の言葉です」

リンゴ……聞いたことがないな。

「ふむ。まあ、そのくらいなら構わんが……」

たいした時間はかからんし、果物を卸す先なんかは簡単に見つかる……いや、待て。この女、なんでここに来た? 冷静になって考えてみれば、そもそもこの女がわざわざここに挨拶《あいさつ》に来る必要はない。そんなものは手紙で十分だ。そうなると、本題はこれか……

「ありがとうございます。それでは後日、我が主が実際にそのリンゴを持って相談に伺うと思いますのでよろしくお願いします」

モニカが恭しく頭を下げ、退室しようとする。

「待て」

何かが引っかかり、モニカを止めた。

「何でございましょう?」

「その新しい村長は村人の孫と聞いたが、その村人とは?」

「村人とは申しておりません。住んでいた者と申しました」

モニカがきっぱりと否定する。

そうだ。こいつはそう言ってた。

「その者の名は?」

「タダシ様ですね」

タダシ……! やはりあの魔法使いか! 大魔導士と呼ばれ、何度も仕官を頼んだが、一切、頷《うなず》かなかった爺《じじい》だ。となると、その孫も……

「タダシ殿が亡くなったのか?」

「はい。九十歳だったそうです」

長生きだな……さすがは大魔導士と呼ばれた魔法使いだ。

「そうか……その孫が今の村長か?」

「はい。タツヤ様ですね」

変な名前の爺さんだと思っていたが、孫も変な名前か。

「なるほど……君は監査官を辞めてまでその男に仕えるのかね？」

「はい。一生、お仕えする所存です」

それだけ有望か。魔法使いだな。しかも、その辺の魔法使いじゃない。監査官ということはこの女だって魔法使いなのだろうが、それを遥《はる》かに超える魔法使いだろうな。それこそ大魔導士と呼ばれるほどに……

「そうかね。ちなみに聞くが、君は私に仕える気はないか？」

私がそう聞いてもモニカは表情一つ変えない。

「大変名誉なことと思います。ですが、先程も申しました通り、私は生涯の主を決めております。ここでそんな主に弓を引くような者はクロード様もお求めになられないでしょう」

上手い断り文句だな。

「いや、その通りだ。引き止めてすまない」

「いえ……それでは失礼します」

モニカはそう言って退室していった。

「クロード様」

モニカが部屋を出ていくと、執事が私のもとにやってくる。

「何だ？」

「あの女は貴族ですか？」

「そっちの方が良かったな。貴族なんかよりずっと厄介だ」

なんであんな女が監査官なんかしてたんだ？　王都の人事部門は無能か？

「どういう意味でしょう？」

「さっきの女、かなりやり手だ。私もだが、お前、最初にあの女を見た時に見た目から有能そうだと思っただろう？」

貴族にしか見えなかったし。

「はい。貴族かと思いました。ですから会うべきと……」

貴族だったら追い返すわけにはいかないからな。

「私もそう思う。だが、すぐにそうではないと思い、ほっとしただろう？　さらには『皆で協力していこう』という言葉で統治や村の維持がどれだけ大変か、何もわかっていない無能だと思っただろ？」

私は思った。

「そうですね。それが何か？」

「それらはすべてあの村の統治を認めさせるためのものだ。言質《げんち》を取られたわ」

クソッ！

「考えすぎでは？」

「いや、本来、あの女がここに来る必要はない。それでも来たのは挨拶や礼ではなく、リンゴとかいう果物の件が本命だろう」

「果物……卸し先を紹介してほしいと言ってましたね？」

「そうだ。それが目的。さぞかし自信があるんだろう。あの女は失敗なんて微塵《みじん》も考えてなさそうだった」

　そうでなければ私の勧誘に少しは心が動くはずだ。

「新しい村長がタダシ殿の孫でしたかな？」

「そうだ。間違いなく、その孫もそれ相応の魔法使いだろう。そうでなければ、あの村の開拓なんか無理に決まっている」

「いかが致しますか？　今からでもなかったことにすることも可能ですよ？」

　文書に残したわけではないからな。ただ、あの女は王都に寄ってからここに来ていることを忘れてはならない。

「いや、どちらにせよ、この領地に損失はない」

「まあ、確かにそうですな」

「とにかく、向こうから来ると言っているのだ。判断は話を聞いてからでもいいだろう」

　さて、どんな人間が来るか……

◆◇◆

　村長になった数日後、タイマー協会の仕事もお休みだし、魔法の勉強しかすることがなかったので、様子を見るために異世界村に向かうことにした。朝食を食べ終え、準備をすると、家を出て、村に向かって歩いていく。

「あれ？」

「んー？　あれ、何ですかね？」

「道が塞《ふさ》がっているにゃ」

俺達が歩いている道は森に囲まれた一本道であり、このまままっすぐ行けば村に着くはずだ。だが、目の前にはその道を塞ぐようにログハウスが立っていた。前に来た時はあんなものはなかったはずである。俺達はそのまま進むと、建物の前で立ち止まる。

「何これ？」

「さあ？」

「扉があるにゃ。ノックしてみるにゃ」

確かに建物には扉がある。俺はミリアムが言うように扉をノックしてみた。

『はーい？』

女性の声がしたと思ったら扉が開かれる。すると、中から顔を覗《のぞ》かせたのはモニカだった。

「あ、こんにちは」

モニカが挨拶をしてくる。

「こんにちは。戻ったんだね」

「ええ。ちょうどさっき戻ってきたところですよ」

そうなんだ。タイミング良いな。

「お疲れ様。ところで、この建物は何？」

「あ、そうですよね。まあ、入ってください」

モニカが中に招いてくれたので建物に入る。中はそこそこ広いようでテーブルの他に作業用のデスクなんかも置いてあった。

「ここ、モニカの家?」

テーブルにつきながら聞く。

「いや、どちらかと言うと、タツヤ様の家というか、仕事部屋です。私の職場もここになりますので確認に来たんですよ」

あー、村長の執務室的なところを作ったのか。だから道のところに建てたんだ。

「なるほどね……しかし、モニカ、雰囲気が前と全然違うね」

「確かに見違えましたね」

「田舎《いなか》魔法使いから都会の魔法使いになったにゃ」

前は野暮《やぼ》ったい黒ローブだったのに今は白と青の綺麗《きれい》なローブに変わっている。それに髪質も良くなっており、本当に見違えた。

「ありがとうございます。貴族のクロード様に話を伺わないといけないので用意したんです」

「え? 高くない? 出すよ」

「大丈夫ですよ。これも身だしなみですし、正直に言うと、王都に行った際に、王都の学校で友人だった貴族の子にお古をもらったんです。ついでに髪も整えてもらいました」

へー。そういう繋《つな》がりもあるのか。

「それでどうなったの?」

「はい。まずですが、王都への報告は無事に済みました。まだ正式に村と認められていませんが、村長がタツヤ様に代わったことは認められました」

俺は認められたか。ちょっとだけよそ者で出自不明の俺はダメって言われるかと危惧《きぐ》していた。

「すぐには村と認められない？」

「税を納めないといけません。普通は村全体の収穫量の一割になりますが、開拓村の場合は人頭税でも大丈夫です。一年で一人当たり金貨一枚ですね」

税を納めて初めて、村か。そのための事業なんだからそりゃそうだ。

「どっちがいいの？」

「人頭税でしょうね。あとでリンゴ園を見ていただきますが、見事にリンゴの栽培に成功しております。人頭税の方が遥かに安いでしょう」

成功したのか。さすがはスーパー肥料だ。

「それは良かった。人頭税はいつ納めればいいの？」

「リンゴの販路を確保してすぐでいいでしょう。それより早い場合は予算が厳しいです。ですが、遅くなると、今度は脱税を疑われ、国に睨《にら》まれます。間違いなく、あのリンゴは売れますから」

「その辺は任せてもいい？」

「お任せを。すでに先程言った友人に頼み、王都での根回しは済んでおります」

この子、すごい。

「じゃあ、お願い。クロード様は？」

「そちらも上手《うま》くいきました。問題だったのがこの村の管理者が誰になるのかということでしたが、クロード様からタツヤ様が管理者になるという言質を頂きました」

んー？　よくわからん。

「どういうこと?」

「この村がどこの領地に属するかということです。クロード様は領地貴族ですからクロード様が管理者になるということはここがクロード様の領地になるということです。これは何かあった時に対応してくれるという大きなメリットがありますが、一方で、村長を決める権限がクロード様にあるということになります。つまり、この村がリンゴで儲《もう》けた場合、乗っ取られる可能性が出てくるのです。ここはあくまでもタツヤ様の村です。それだけは避けないといけません」

なるほど。そういうこともあるわけか。

「よく認められたね?」

「上手く交渉できました。とはいえ、今後はなるべく恩を売る方向でいき、けっして対立してはいけません。以前にも言いましたが、領地の力の差は明らかですし、睨まれたら太刀打《たちう》ちできません」

そもそも誰であろうが、対立する気はない。平和が一番。

「わかった。ウチはリンゴ農園として、卸し先であるクロード様が指定した商家に卸せばいいわけだね?」

「当分はそのようにして、下手《したて》に出ましょう。まずは足元を固めるのが先です」

「わかった。クロード様と会う話は?」

「それも約束を取り付けております」

この子は本当にすごいな。もうこの子が村長でいいじゃんとすら思う。

「いつがいいかな?」

「早い方がいいかと。リンゴも収穫の準備ができておりますし」

確かに早い方がいいな。

「リンゴ園を見たい」

「はい。では、参りましょうか」

俺達は立ち上がると、家を出て、リンゴ園に向かう。村の中を歩きつつ、東のリンゴ園を目指していると、数人の畑仕事をしている人や追いかけっこをしている子供達と会い、挨拶《あいさつ》を受けた。

「なんか皆、元気だね」

「食料事情が安定しましたし、村としての目途が立ったからです。皆、健康になってきましたし、やる気に満ちています」

「責任重大だねー……」

もうここまで来たら見捨てることはできない。最後まで責任を持たないと。

「その辺りはこの私とダリルさんにお任せを。今はダリルさんが村の皆から要望を集めているところです」

モニカとダリルさんがいなかったら絶対に運営できないな。給料は弾もう。まあ、まだ村としての収入がないんだけど。

「統治はどうするの？　税金？　年貢？」

「いずれはそのようになります。ですが、細かいところは後ですね。まずは村の方向性を決めないといけません。タツヤ様は何かありますか？」

「正直に言うと、大きくなりすぎると運営していく自信がない。そこそこでいいと思ってる」

目的はスローライフだし。

「まあ、タツヤ様の本業は大魔導士様ですからね。わかりました。その辺も踏まえて計画を練ります。あ、あれがリンゴ園ですね」

モニカが指差した方向は確かに俺達がリンゴの苗木を植えた場所だった。だが、苗木は立派な木に成長しているし、赤い実を実らせている。

「リンゴにゃ！」

「すごいですねー」

「本当にね」

スーパー肥料、すごいわ。

「私も戻ってすぐに見ましたが、素晴らしいと思いました」

モニカが絶賛すると、リンゴの木を見ていたコーディーさんが俺達に気付き、近づいてきた。

「やあ、山田《やまだ》さん……じゃない、村長」

俺達のもとにやってきたコーディーさんが言い直す。

「別に山田でいいですよ」

「そうですよ。タツヤ様はすぐに村長ではなく、閣下と呼ばれるんですから」

呼ばれないよ。

「呼称が変わるのはめんどくさいから山田さんでいいや。それで、山田さん。見ての通り、リンゴが見事に実ったぞ」

「大変じゃなかったですか？」

「いや、指示はもらってたし、そんなに大変でもなかった」

ルリが描いた絵付きのノートか。

「それは良かった。コーディーさんがやってたんです？」

「管理者が俺ってだけで皆でやったぜ」

コーディーさんが管理者になったのか。

「コーディーさん、タツヤ様に報告を」

モニカがコーディーさんに指示をする。

「モニカ。お前、人が変わりすぎてびっくりだよ……えーっと、このリンゴ園と畑の収穫から例の肥料、スーパー肥料だっけ？　あれの効果の検証をしてみた」

名称がスーパー肥料になっちゃった。まあ、外に出すわけじゃないからいいか。

「どんな感じです？」

「まずだけど、畑の方。収穫までの時間が大幅に短縮できるのはわかっていたことだが、収穫してすぐに種を植えても芽は出てこなかった。だが、十日くらい日を空けたらどんどんと成長していくことからある程度のインターバルが必要なんだと思う」

なるほどね。

「わかりました。それを踏まえて野菜やリンゴを収穫してください」

「ああ。リンゴなら百五十個くらいは収穫できると思う」

一度に百五十個もか。すごいな。

「一人一個は自分達で食べてくれて結構ですから。皆で育てたリンゴですのでね」

せっかくのリンゴ園なんだから皆も飽きるくらいには食べるべきだろう。

「そうか？　実は皆、気になっていたんだよ。悪いな」

「いえいえ。それで食の方は問題ないですか？」

「一つあるな。野菜は十分だが、主食となる小麦のことがある。小麦はこの森では育たない。実際、試してみたが、スーパー肥料でもダメだった。だから小麦だけは町から買ってこないといけないだろう。今までは援助でどうにかなったが、正式に村として運営していくならそこが大事になる。まあ、詳しくはダリルさんに聞いてくれ。そういう陳情や意見を集めてたし」

　モニカもそう言ってたな。

「わかりました。ダリルさんのところに行って話してきます。リンゴの収穫の方をお願いします。町に行って卸し先を探してきますので」

「わかった。じゃあ、人を集めてくるわ」

　コーディーさんはそう言うと、村の方に走っていった。

「俺達もダリルさんのところに行こうか」

「はい。こちらです」

　場所は知っているのだが、モニカが秘書らしく案内してくれる。

「そういえば、家は新しくなってた？」

　急いで作ってたけど……

「ええ。びっくりしましたね。あのボロ家が綺麗になってましたから。しかも、何故《なぜ》か魔道具付きです。なんで私の家だけ？」

　あっ……村の皆の罪悪感が見える。急いで用意したんだろうな。

「モニカさんはタツヤさんの秘書でナンバー2ですから」

ルリがフォローする。

「ダリルさんもだと思うんですけど……」

まあね。

「お年を召した男性と若い女性が一緒なわけないじゃないですか」

「うーん……まあ、そうですかね？　早く皆の分も用意したいところです。気が引けますし」

皆も気が引けていたんだよ……モニカのことを忘れてたから。

「リンゴで儲けたらまずはその辺りを整備することだろうね」

「そうですね。頑張りましょう」

俺達が話をしながら歩いていると、ダリルさんの家に到着したので扉をノックし、家に入る。すると、ダリルさんがテーブルについて何かの紙を見ていた。

「こんにちは。今、大丈夫ですか？」

「ええ。私も相談したいことがあります。どうぞ」

俺達はダリルさんが勧めてきたのでテーブルの席につく。

「モニカから話を聞きましたし、リンゴ園も見てきました。順調のようですね？」

「はい。モニカもですが、皆、協力して頑張りましたので順調です」

ダリルさんが上機嫌に笑った。

「それでリンゴの収穫をコーディーさんに頼み、今後のことを話し合いたいと思いまして来ました」

「そうですな。まずはリンゴの卸し先を決めないといけません。モニカが上手くやってくれたようでクロード様とのアポを取ってきてくれました。ただ、交渉自体はタツヤ殿にしてもらわないといけません」

まあ、そうだろうな。挨拶はモニカに任せたが、本格的な交渉は俺がやらないといけない。

「モニカ、ついてきてくれる？」

「もちろんです。このモニカにお任せを」

実に頼りになる子だ。

「クロード様がいる町までどのくらいかかるの？」

「クロード様がいらっしゃる町はハリアーというのですが、ここから徒歩で半日はかかります。この村には馬車がないので歩きとなります」

半日か……

「道は安全？」

「この辺りは盗賊は出ませんが、魔物が出ます。とはいえ、私の結界があれば防げます。まあ、大魔導士様であるタツヤ様なら問題ないでしょう」

そういや魔物っていうのがいたな。見たことないけど。

「問題ないなら大丈夫か……ルリもミリアムもいるし」

「お任せを」

「私が出るまでもないにゃ。魔物なんか相手にならないにゃ」

まあ、ミリアムがいれば大丈夫な気がしてきた。

「ダリルさん、リンゴの収穫が済んだらすぐにでもクロード様に会いに行きます」

「それがよろしいかと……モニカ、頼んだぞ」

「この私にお任せを」

モニカ、あんなに自分に自信がなかったのに今は自信しかないな。

「それでダリルさん、村の皆から陳情や意見を集めていると聞きましたが？」

「ええ。私の話はそれです。今後の村の方向性を決めないといけません」

「ダリルさん、タツヤ様はそこまで大きくする気はないそうです。本業のことがありますし」

モニカが説明してくれる。

「そうですか……まあ、そうでしょうね。村の皆の意見にもありますが、村を大きくするのに反対というほどではないですが、不安を感じる者もいます」

意外だ。村の皆は発展することを喜ぶと思っていた。

「というと？」

「村が発展するということは人が増えるということです。我らはこれまで我らだけでやってきました。そこによそ者を受け入れることができるのか、トラブルが生まれないかという不安です」

この村には三十人程度が住んでいるが、家族みたいなものって言ってたしなー。

「なるほど……そういう意見もありますか」

わからないでもない。そういうのはどこにだってあるものだし。

俺が悩んでいると、モニカが手を上げる。

「それについては私も意見があります。人が増えれば肥料や農具のことが漏れる可能性が高くなります。農具はまだ何とかなるでしょうが、肥料はマズいです。そして、それを隠し通すのは不可能でしょう。あの成長速度は異常ですし」

「確かにそうだね。では、受け入れを拒否する？」

「受け入れる余裕がないということで当面はそれでいいでしょう」

「そうするか……ダリルさん、他の陳情とか意見は？」

次の話に移ろうと思い、ダリルさんに聞く。

「えーっと、魔道具が欲しいというのが多いですね」

「やはりそこですか……そこを優先した方がいいですかね？」

「だと思います。もうすぐ冬になりますし」

今は十月だから日本ももうすぐ冬だ。この世界にも四季があるんだろうか？

「わかりました。そこを優先しましょう」

「はい。他にはリンゴの他に木材を売ってはどうかという意見が出ました」

「木材を？」

「はい。タツヤ殿が伐採して加工した木材が余っております。のこぎりややすりが大変使いやすく、皆が色んなものを作っておりますが、余りに余っております。この森の木は硬くて伐採が大変だったのですが、逆を言えば質の良い木材なんですよ」

なるほど。確かに木材は売れるだろう。

「重くない？」

「はい。なので、それに関連して荷馬車が欲しいとか道を整備するべきとかもあります」

それらはリンゴ農園としてやっていくためにも必須《ひっす》な気がする。

「荷馬車か……それは買えばいいけど、道の整備って？」

「タツヤ様、これから町に向かわれるので見てもらいますが、ボコボコしており、道が非常に悪いのです。荷馬車の車輪を取られやすく、非常に進みにくくなっています」

モニカが説明してくれる。

「あー……それはきついね。どうしようかな？」

道を整備って大変だろ。

「タツヤさん、道の整備なんて土魔法でちょちょいのちょいです」

「どうせ町に行くんだから頑張るにゃ。修業にゃ」

あ、俺がやるんだ……いや、まあ、そうか。

「わかった……モニカ、町まで歩いて半日だっけ？」

「そうなりますね」

人が歩くスピードは時速四キロくらいと聞いたことがある。半日が何時間を指すのかはわからないが、地味に遠いな……

「整備しながら進むとなると、泊まりになっちゃうね。野宿？　やったことないよ？」

子供の頃にキャンプをしたくらいだ。

「転移で帰るにゃ」

「転移って？」

まさか一瞬で帰れるわけじゃないよね？

「転移魔法っていうのがあるにゃ。一瞬で目的地に飛べるにゃ」

やっぱり……

「そんなことができるの？」

「できるにゃ。お前でも使えると思うから教えてやるにゃ」

「魔法って、すごいね。でも、それでモニカを王都まで送っていけばよかったじゃん」

往復で二十日以上も旅させてしまった。

「行ったことがないところには飛べないにゃ。だから王都にもハリアーの町にも行けないにゃ」

そういう制限があるのか。つまりここに帰ってくることはできるんだ。

「なるほど」

「タツヤ様。今さらタツヤ様の魔法の腕に驚きは致しません。ですが、転移魔法は伝説級の魔法であることをご承知おきください。ですので、人前で使ったり、人に話すことはご自重くださいませ」

モニカが忠告してくる。

「そりゃそうか。普通に使える魔法だったらここだって、もっと発展しているだろうし……わかった。人前では使わないようにするよ」

「お願いします」

魔法自体が神秘すぎて、どれがダメなのかがわからないな。

「ダリルさん、そういうわけで道を整備しながらハリアーの町に向かいます」

「わかりました。そちらの方はお願いします」

「リンゴを売ったお金で買うべきは魔道具と荷馬車ですね？」

「そうなりますな。ただ人頭税の方を最優先でお願いします」

そっちが先か。

「それと先程、コーディーさんに小麦のことを聞いたんですが、そちらの方は？」

「それらも仕入れないといけませんが、貯えがありますので急ぎではありません」

当面は大丈夫か。まあ、小麦は最悪、安いからスーパーで買ってくればいいしな。

「わかりました。では、ハリアーの町に行って参ります」

「お願いします」

俺達はダリルさんが頭を下げたところで家を出た。

「モニカ、ちょっと準備をしてくるよ」

「私も準備がいりますので村の入口で待ち合わせをしましょう」

村の北には一応、木製の門がある。

「わかった。基本は転移で帰るからそんなに荷物はいらないからね」

「ありがとうございます。では、そのように致します」

俺達はそのままモニカと別れると、一度、家に戻った。そして、買っておいた長靴を持って、研究室に行く。

「山田《やまだ》、そこの青い本を取るにゃ」

ミリアムが尻尾《しっぽ》で本棚を指す。

「これ？」

本棚にある青い本を取ると、ミリアムに見せた。

「それにゃ。それに転移魔法のことが書いてあるから覚えるにゃ」

「伝説の魔法が普通に本棚にあるんだね」

「そんなものにゃ」

俺は本を読み、転移魔法のやり方を学んでいく。これまでいくつかの本で魔力のコントロールを学んでいるからかそこまで難しい魔法ではないように思えた。

「これ、伝説なの？」

「伝説にゃ。やり方自体はそこまで難しくないにゃ。問題はものすごい魔力を使うことにゃ。モニカがいないから言うけど、モニカが十人いても使えないにゃ」

モニカ、魔力が少ないからなー……一ノ瀬《いちのせ》君や橘《たちばな》さんの半分もない。

「よし、これならできそうだ。試してみよう」

俺は本に書いてある通りに飛ぶ場所をイメージし、魔法を使う。すると、研究室の外にあるリンゴの木の前に飛んだ。

「成功か。いや……」

失敗だ。

「ルリー、長靴を持ってきてー」

靴下のまま外に出てしまった。ルリはすぐに外に出ると、俺の前に長靴を置いてくれる。

「ありがとうね」

「いえ。この辺りは気を付けないといけませんね。家の中が汚れます」

気を付けよう。部屋の中を泥だらけにしたらルリが怒りそうだ。

「そこを注意するのをすっかり忘れたにゃ」

まあ、猫さんは靴を履かないからな。準備を終えた俺達は村の北にある門に向かう。すると、すでにモニカがおり、俺達を待っていた。

「お待たせ」

「いえ。荷物が少なくて良かったです。私は空間魔法が使えませんので」

そうなると、二十日以上の旅は大変だったんだろうな。

「王都まで大変だったでしょ。遠出させてごめんね」

「いえいえ。あれが監査官として最後の仕事でしたし、王都で親や友人とも会えましたよ。それにこんな私を評価してくださったタツヤ様へ報いなくてはいけませんから」

給料すら払ってないんだが……早く金を作らないとな。

「苦労をかけるね」

「いえ！　このモニカにお任せください。必ずや成功に導いてみせます」

すごい自信……それと同時にこの子が働きすぎで倒れないか不安になってきた。

「じゃあ、行こうか」

「はい」

俺達は門を出ると、立ち止まった。初めての村の外。ちょっと先まで森だが、その先は所々に木々が生えているくらいの草原だった。森から平原にかけて、土の道がずっと続いているのだが、確かに道がボコボコであり、ここを馬車で通ったら跳ねたり、車輪がダメになりそうな気がした。

「すごいね」

「はい。雨が降ると、ぬかるみになり、進めなくなります。これをどうにかしないと荷馬車を買っても木材を運べませんし、リンゴを買う商人も寄り付きません」

確かになー。運べなきゃ意味ないし。

「わかった。どうにかしよう。ルリ、どうする？」

「一番良いのは石の舗装でしょうが、石材がありません。ですので、土魔法で土を整形し、圧縮をかけるべきかと」

それならできそうだな。

「やってみる」

俺は前に出ると、土魔法を使い、土を操作していく。すると、道の土が波打つように動き、綺麗《きれい》になっていった。

「これではダメなんだよね？」

「はい。雨が降ったり、馬車が通ればまたガタガタになります。ちゃんと締め固めをしないといけません」

「よし」

俺は綺麗になった道に圧縮魔法をかけていく。とはいえ、見た目に変化はない。

「わからん。大丈夫かね？」

首を傾《かし》げると、モニカがしゃがんで土に触れた。

「かなり硬いですね。これなら問題ないかと……いずれは舗装もしたいですが、今はこれで十分すぎる程です」

これでいいらしい。

「じゃあ、進みながらやっていくよ」

俺はその後も道の整形をし、締め固めるという作業を繰り返していく。一度にできる長さは十メートル程度なので進むペースは少し遅い。それでも繰り返し魔法を使って進んでいくと、かなり距離を進むことができた。

「素晴らしい魔力ですね。普通はもっと前に魔力が尽きると思います」

モニカが称賛してくる。

「ありがとう。でも、魔力よりも体力だよ。疲れた……」

もう二時間は歩きながら魔法を使っている。ルリが回復魔法を使ってくれているが、先に体力が尽きそうだ。

「そろそろお昼ですし、休憩しましょう……あの、昼食は用意していますか？　一応、携帯食料は持ってきていますが……」

「いや、村に戻ろうよ」

携帯食料より普通のご飯の方が美味《おい》しいだろう。

「魔力の方は？」

「全然、大丈夫」

「さすがは大魔導士様。では、そのように致しましょう」

「うん、戻るね」

そう言って、転移の魔法を使うと、あっという間に村の門のところまで戻ってきた。

「素晴らしい……これだけの魔力と魔法の腕があれば何にでもなれるでしょう。タツヤ様、本当にこの村で終わりますか？　あなたが望めば、宮廷魔術師にも魔法ギルドのトップにもなれますよ？」

「いやいい。俺は祖父《じい》さんの後を継いだだけだし、この村で皆とゆっくり生きたい」

忙しいのはごめんだ。

「それだけの力を持ちながら驕《おご》ることなく、魔法の真髄を目指す姿勢は立派です。このモニカ、魔法ではまったくお役に立てませんが、身命を賭《と》して生涯、お仕えします」

モニカがオーバーなことを言いながら恭《うやうや》しく頭を下げてきた。

「ど、どうも……じゃあ、ご飯食べたらまたここに集合しようか」

「かしこまりました。ではまた」

モニカはそう言って自分の家に戻っていく。俺達もモニカを見送ると、家に戻ることにした。

「あの子、めちゃくちゃオーバーじゃない？」

歩きながら二人に聞く。

「あれは本気だったにゃ。目に一点の曇りもなかったにゃ」

「ええ。まったく嘘をついていませんでしたね」

えー……ゴマすりじゃないの？　俺を立ててくれたんじゃないの？

「なんであんなことになったんだろう？」

「おそらくですが、モニカさんは認められたことがなかった人だと思います」

ルリが私見を述べる。

「そうなの？　あんなに頭が良いのに？」

見た目だって美人だし、前は野暮《やぼ》ったかったが、今は華やかだ。

「この世界は魔法使いが少なく貴重です。ですから魔法の素質がある者はほぼ確実に魔法使いになります。ですが、モニカさんは魔法使いとしてはお世辞にも優秀とは言えません。本人も言っていた通り、辺境の開拓村の監査官に任じられるくらいには落ちこぼれだったのでしょう。魔法使いは他がどんなに優れていようが、魔法でしか評価してもらえませんからね。そんな中で評価してもらい、大役まで任せてもらったのが嬉《うれ》しいのだと思います」

まあ、ダリルさんも言ってたけど、どう見ても魔法使いより今の方が向いてはいる。

「山田、モニカは大事にするにゃ。それと重用するにゃ」

「わかってるよ」

モニカが求めているのはやりがいだ。とはいえ、ブラックにはしないようにしたい。あの子、死ぬまで働きそうだし……

俺達が家で昼食を食べ終え、村の門まで戻ると、すでにモニカが待っていた。

「遅れてごめん」

「いえ。主《あるじ》を待たせるわけにはいきませんから」

この子、いつからここにいたんだろう？

「ご飯、食べた？」

「もちろんです。私は見た目通り、体力がないですし、食べないと倒れます」

まあ、強そうには見えない。

「じゃあ、行こうか」

「はい。お願いします」

俺達は昼前に転移した所まで戻ると、道をならす作業を再開する。そして、休憩を挟みつつ、進んでいくと、空が茜色《あかねいろ》に染まりだした。

「タツヤ様、今日はこの辺に致しましょう。もう半分は過ぎておりますし、明日には町までの道の整地が終わると思います」

モニカが止めてきたので手を止める。

「ハァ……疲れた。歳《とし》は取りたくないね」

「まだお若いでしょう」

「俺、三十五歳だよ？」

「まだまだですよ」

そうかねー？

「そういえば、モニカっていくつなの？」

「私はこの前、二十歳《はたち》になりましたね」

若いねー。

「モニカ、君はすごい優秀だと思う。正直、魔法はそこそこだけど、頭が良いし、先見の明もある」

「気を遣っていただき、ありがとうございます。火魔法すら使えない落ちこぼれです」

あ、うん……何とも言えない。

「昼の言葉を返すようだけど、本当にこの村でいいの？　モニカなら他所《よそ》でも出世できると思うよ」

「そうかもしれませんね。クロード様にも誘われましたし、王都の友人にも引き止められました」

やっぱり……どう見ても為政者の才がある。

「そっちには行かないの？」

「行きません」

「あの村がいい？」

「もちろん、あの村もですが、私はタツヤ様に忠誠を誓いました。あなた様は私なんかとは比べ物にならない才があります。それこそ英雄でも王にでもなれるでしょう」

それは無理。

「どうも。モニカ、俺の目的はスローライフだ」

「スロー……？　失礼。どういう意味でしょう？」

この世界にスローライフという言葉はないか……

「うーん……」

俺はモニカの顔をじーっと見る。

「……………」

モニカは表情一つ変えずに俺の言葉を待っていた。

「この子を巻き込んだ方が良いと思う？」

モニカの顔を見たまま二人に聞く。

「あちらの世界の仕事や魔法の研究のこともあります。こちらのことは極力、モニカさんに任せるのもありかと思います」

「お前に任せるにゃ。ただ、こいつは絶対に裏切らないにゃ」

二人は賛成か。

「モニカ、秘密は守れる？」

「当然です。拷問されても口を割りません」

拷問って……そんな目に遭わないようにしたいね。

「わかった。帰ろうか」

「はい」

モニカが頷《うなず》いたので転移を使う。すると、村の門ではなく、研究室がある家の前に転移した。

「ここは？」

モニカが周囲を見渡す。

「俺の家の前。ほら、あそこにある建物が道を塞《ふさ》いでる執務をする家」

道の先にあるログハウスを指差した。

「なるほど……あの、家というのは？　何もありませんけど」

ん？

「山田《やまだ》、結界があるからモニカには見えないにゃ」

「許可を出さないと見えませんし、入れませんよ」

あ、そういえばそうだった。

「モニカもこの家に入っていいからね」

「ハァ？　この家と言われましても……家ですね」

モニカは首を傾げていたが、すぐに目の前にある家をじーっと見る。

「見えた？」

「はい。急に現れました……これが結界ですか……これほど厳重なんですね」

「祖父さんの研究成果があるし、見てはいけないものがあるからね」

見てはいけないというか、この世界の人間には知られてはいけない扉がある。

「そうですか……」

「モニカ、ついてきて」

「はい」

俺達は研究室に入る。

「あ、モニカ。悪いけど、靴は脱いで」

こっちの世界は家でも土足だ。まあ、欧米なんかと一緒。

「土足厳禁ですか……確かに綺麗ですもんね」

モニカがそう言って靴を脱いだ。

「ここが祖父さんの研究室だね。魔法の研究なんかをしていたと思う」

「見たことがない器具がありますし、本も多いです。すごいですね」

「実はまだ俺もよくわかってないんだけどね。勉強中」

魔法は楽しいから苦ではないけど。

「大変ですね。村のことは私やダリルさんにお任せください」

「うん。そのつもり。こっちに来てくれ」

モニカを誘い、例の扉を開ける。そして、扉を抜けると、モニカが廊下で立ち止まった。

「モニカ？」

「……いえ」

「こっちだから」

「……はい」

モニカは何かを察したようだが、大人しくリビングまでついてきてくれる。

「座ってよ。ルリ、悪いけど、お茶をお願い」

「わかりました」

ルリがキッチンに行ったので座る。すると、俺をじーっと見ていたモニカもおずおずと座った。

「あ、床は嫌だった？」

「いえ……綺麗《きれい》ですので問題はありません。ちょっと慣れていないだけです」

向こうはテーブルと椅子だもんな。

「急に招いて悪いね」

「いえ……」

モニカは目だけをキョロキョロと動かし、部屋や窓の外を見ている。そうこうしていると、ルリがお茶を持ってきてくれたので一息ついた。

「今日はお疲れ。整地するだけだったから、モニカは村で待ってても良かったのに」

「いえ、私は秘書ですので案内致します」

案内って言っても一本道だったけどね。

「モニカ、ここがどこかわかる？」

「タツヤ様の家……でよろしいでしょうか？」

「そうだね」

「何もかも違いますね。生活様式も外の風景も。そして、何より空気が違います。まるで別世界に来たように感じます。転移でしょうか？」

すげー……核心をついている……

「驚かないね？」

「正直に申しますと、タツヤ様はあの村には住んでいないんだろうなと思っていました。服装を始めとする何もかもが森に住んでいるようには見えませんでしたし、あのスーパー肥料はもちろんですが、持ってくる農具が明らかに異質でした」

「農具も？」

「はい。精巧すぎることもですが、何よりも材料が変です。あれが鉄とは思えません」

ステンレスだからね。

「なるほど。それで別のところから来ていると？」

「転移か何かで異国から来ていると思っていました。だから滅多に姿を現さないのだろうと」

ほぼ合っている。

「そうだね。こっちでの生活もあるし、仕事もあるんだよ」

「そうですか……お忙しいのに村長をお願いして申し訳ありません」

モニカが頭を下げるが、村長をお願いしてきたのはダリルさんだ。

「いや、それはいいよ。俺にも目的があるからね」

「それがスローライフですか？」

「そうだね。スローライフっていうのは簡単に言うと、のんびり過ごすことかな。俺は都会で働いていたけど、働いてばっかりで何もできなかった。生きるために働くという生活を繰り返すだけ」

何のために生きているんだろうと思ってしまう。金のためか仕事のためか……

「ああ……わかる気がします。兵士が引退したら故郷に帰って隠居するようなものでしょう」

「そんな感じだと思う」

「だからあの村をそこまで発展させる気もないし、王や英雄になる気もないんですね」

「悪いけど、そうだね。ゆっくりと楽しんで生きたいよ」

忙しさはもういい。

「かしこまりました。村人の意向もそっちですし、そのような方向で進めましょう」

「お願い」

「はい。それといくつか質問があります」

まあ、あるだろうね。

「なーに？」

「ここは異世界でしょうか？」

「そうなるね。俺も祖父《じい》さんもこの世界の人間だ」

「例の肥料や農具はこちらの世界の物ですか？」

そう思うわな。

「農具はこちらで買ってきた物だね。肥料も買ったんだけど、祖父さんの器械で改良している。さすがにこっちの世界でも農産物をあそこまで早く収穫できないよ」

「やはりあの肥料はそうですか……」

「わかるの？」

「タツヤ様達の反応でわかります」

あー……驚いていたもんな。そりゃわかるわ。

「そういうことだね。あれはすごいわ」

「そうですね。リンゴもこちらの世界の果物ですか？」

「うん。ミリアムがリンゴが良いって言うもんだから」

リンゴが好きな猫さんなのだ。よくデザートにも出る。

「なるほど……」

「モニカ、今日、君をここに呼んだのはそれを踏まえて村をどうするのか、スローライフを目指すにはどうすればいいのかを相談するためなんだよ」

「相談ですか……そうなると、まずこの世界がどういう所なのか、何があり、何がないのかを知る必要があります」

それはわかっている。

「ルリ、インターネットの使い方を教えてあげてくれる？」

「わかりました。モニカさん、こちらにどうぞ」

ルリがモニカをパソコンの前に連れていくと、説明をしながらパソコンを起動させる。

「出前でも取ろうか？　何が良い？」

「モニカさん的には和食のお米よりパンの方が良いですね。ピザにしましょう。私はシーフードのやつが良いです」

あ、ルリが食べたいんだ……

「わかった。そうしようか」

ルリの希望通り、ピザを頼み、皆で食べだした。

「これ、美味《おい》しいですね。パンの上にチーズなどの具材が載っているのはわかりますが、味付けが全然、違います」

モニカがピザを食べながら称賛する。

「美味しいよね」

「こちらの世界はかなり発展しているように思えます。魔法ではなく科学が発達したからでしょうね。あちらの世界は魔法という便利なものがあるからそれに頼り、一般的な教育、探究心が低下しているのでしょう」

回復魔法があれば医療は発展しないし、攻撃魔法があるから武器が発展しないわけだ。しかも、それらの魔法を使える人間が限られている。

「村として、教育するのはどう?」

「やめた方がいいでしょう。嫌な言い方をしますが、民衆に知識を持たせると、発展はしますが、その分、不満などから問題事が起きます。スローライフを目指すなら今のままで良いと思いますよ。さすがに識字率は上げたいですけどね」

確かに文字の読み書きくらいはなー……

「子供くらいには教えてった方が良いかなー?」

「だと思います……御馳走様《ごちそうさま》でした。すみませんが、もう少し見させてください」

モニカはピザを食べ終えると、パソコンの前に行き、にらめっこに戻った。俺達も食べ終えると、ルリがモニカに教え始めたので片付けをし、ミリアムと祖父さんの本を読む。すると、いつの間にか時刻は夜の九時を回った。

「モニカ、帰らなくていいの？」

「もう少しだけお願いします」

大丈夫かね？

「働きすぎじゃない？」

「いえ、一日でも早くタツヤ様の願いであるスローライフを叶《かな》えるのが私の仕事です」

やっぱりこの子、ブラック気質だ。やる気があるのは良いことだが、ありすぎるのは良くない。

「モニカ、スローライフっていうのはブラック企業と離れることだよ。それは俺だけじゃなくて、モニカもだ」

「ブラック企業……長時間労働、過剰なノルマ、給与等の未払い、使い捨て……」

調べたようだ……ってか、思いっきりウチの労働環境だ……

「俺は自分だけじゃなくて、モニカやダリルさん、それに村の皆と楽しく生きていきたいんだよ」

「すみません……」

「お風呂《ふろ》にでも入りますか？　結構、歩きましたし、お疲れでしょう？」

モニカの横に座っているルリが提案する。

「お風呂……この世界のですか……」

「ルリ、教えてあげて。俺はもう少し、ミリアムと魔法の勉強をするから」

「わかりました。モニカさん、少し休憩しましょう」

「そうしますか……」

二人が立ち上がり、リビングを出ていくと、ルリがすぐに戻ってくる。

「モニカは大丈夫そう？」

「あの人は優秀ですね。何でもすぐに覚えます」

「だろうねー」

そのまま魔法の勉強をしていると、モニカが風呂から上がり、代わりにルリが風呂に向かった。

モニカはすぐにパソコンの前に行くと、画面を見続ける。

「まだやるの？」

「気分転換に食べ物を見ていますので大丈夫です」

それならまあ……

「お風呂はどうだったー？」

「すごく良かったです。ボディーソープとシャンプー、コンディショナーなんかは素晴らしいですね」

「売れる？」

「売れます。大流行するでしょう。ですが、それを売ると、スローライフから離れる可能性がありますね」

それもそうか……

「じゃあ、やめとくか」

「売るのはやめて、献上品にするべきですね」

「献上品？」

「まあ、賄賂《わいろ》です。貴族の婦人なんかに献上すれば、後ろ盾を得ることができるかもしれません」

賄賂か……きな臭い気もするが、所詮《しょせん》はシャンプー……

「いける？」

「お任せを」

その後、ルリが上がったので俺も風呂に入る。そして、十一時くらいになると、モニカがパソコンを消した。

「夜分遅くまで申し訳ありません」

「全然いいよ。この世界のことがわかった？」

「いえ、まだまだといったところです」

そりゃそうか。そんな短時間ではわからないだろう。

「まあ、いつでも来ていいから」

「ありがとうございます。明日も早いので私はこれで失礼します。色々とありがとうございました」

「ん。おやすみ。また明日ね」

「はい。おやすみなさい」

モニカはそう言って頭を下げると、帰っていった。

「山田《やまだ》、モニカは期待に応えようとするあまり、加減がわかっていないにゃ。気を付けるにゃ」

「私もそう思います。モニカさんは有能ですが、倒れるまで働きそうな雰囲気があります」

二人もそう思うか……

「真面目《まじめ》な子だからね。気を付けるよ。俺達も寝るか」

また明日も道の整備だなと思いつつ。自分の部屋に戻り、就寝した。

翌日、俺達は朝から転移し、道をならしながらハリアーの町を目指して進んでいた。二日目になり、整地にも慣れてきたこともあって、この日は昨日よりも早いペースで進んでいっている。要は同時に魔法を使えばいいのだ。そうやって進んでいると、昼前に分岐点に到着した。分岐点ではまっすぐと左右に道が分かれており、まっすぐと右の方の道は比較的綺麗《きれい》だった。

「ここは？」

「ここは別の開拓村、ハリアーの町、王都への分岐点ですね。左が別の開拓村、まっすぐがハリアーの町、右が王都に繋《つな》がっております。もっとも、王都までにいくつかの町がありますね」

モニカが指を差しながら教えてくれる。

「じゃあ、道の整地はここまででいい？」

「はい。この先はハリアーの町の管轄ですので」

むしろ、やらない方がいいな。

「わかった。それにしてもあっちにも開拓村があるんだね」

左方向の道を見る。俺が整形する前のようにでこぼこしていた。

「大森林は広いですからあちこちにありますよ。どこも大変みたいですね」

だろうなー。

「まあいいや。まっすぐだったね？　行こう」

「はい。ここからは楽ですね」

俺達は魔法をやめ、そのまままっすぐ歩いていく。すると、遠目に町を囲む外壁が見えてきた。

「あそこかな？」

「そうですね。あそこがクロード様がおられるハリアーの町です」

思ったより早く着いたな……

「一度、昼食がてら戻ろうか。着替えたいし」

「それがよろしいかと。クロード様にお会いになるのですから身だしなみは整えましょう」

俺達は転移で家に戻ると、昼食を食べる。そして、軽くシャワーを浴びるとローブに着替えた。

「タツヤさん、私は遠慮しておこうと思います」

リビングに戻ると、ルリがついていかないと告げてくる。確かにホムンクルスとはいえ、子供を連れていくのはちょっとマズい気がする。

「うーん……まあ、それもそうか。じゃあ、留守番をお願いね」

「はい」

「ミリアム、姿を消してくれる？」

「わかったにゃ」

ミリアムが頷《うなず》くと、肩に登っていった。こっちで仕事をする時のスタイルだ。

「モニカ、準備は大丈夫？」

「はい。リンゴも用意しましたし、問題ないかと」

「じゃあ、行こうか」

「はい」

俺達は転移で戻ると、町を目指して歩いていった。そして、門を抜けると、街中を見渡す。かなりの人がおり、賑《にぎ》わっている。さらには石造りの建物が立ち並んでおり、あの村とは天と地だ。

「結構、発展しているね」

「あちらの世界ほどではないですが、ハリアーの町はこの辺りでは最大の町になります」

さすがに東京と比べるのは酷だろう。

「クロード様のお屋敷は？」

「あちらです。参りましょう」

俺達はモニカの案内で大通りをまっすぐ歩いていく。通りのあちこちに屋台があり、色んなものを売っているし、多くのお客さんがいた。正直、数十キロしか離れていないのにあの村との差がすごくて、ちょっと悲しくなった。

「武器を持っている人も多いね」

帯剣している人や槍《やり》を持っている人もいる。

「魔物を倒す専門のハンターですね。傭兵《ようへい》もいると思います」

そういう職業があるのか……

その後もキョロキョロと街を見渡しながら大通りを進んでいくと、正面に大きなお屋敷が見えてきた。

「あれ？」

「はい。姿勢よく、けっして臆《おく》してはいけません」

「わかってるよ」

交渉は堂々といかないといけない。

俺達はそのまま領主の屋敷に向かって歩いていると、大きな鉄格子の門を守っている門番のところに向かう。

「失礼。ご用件は？」

門番が俺に聞くと、モニカが一歩前に出た。

「こちらは南の開拓村の村長であるタツヤ様です。クロード様に御目通り願いたい。話は通してあります」

「わかりました。少々、お待ちください」

門番はモニカの言葉を聞くと、屋敷の方に駆けていく。そのまましばらく待っていると、どう見ても執事な初老の男性と共に戻ってきた。

「これはモニカ殿、お久しぶりです」

「お久しぶりです、フェリクス様。開拓村の村長をお連れしました」

モニカが紹介をすると、フェリクスと呼ばれた執事が俺を見てくる。

「はじめまして。この度、ダリルに代わり、村長を務めることになった山田です」

軽く頭を下げると、執事さんに挨拶《あいさつ》をした。

「はじめまして。ようこそいらっしゃいました。クロード様がお会いになられるということですのでどうぞ中へ」

「ありがとうございます」

俺達はフェリクスさんの案内で屋敷に入る。中は領主の屋敷だけあって、豪華な調度品や絢爛《けんらん》な装飾で彩られ、高い天井が開放感を与えている。まさにテレビで見たヨーロッパの貴族の屋敷そのものだった。フェリクスさんが正面の階段を上っていったので俺達もそれに続く。そして、廊下を歩いていくと、奥にある扉の前で立ち止まった。すると、フェリクスさんが扉をノックする。

「クロード様、開拓村の村長である山田殿とモニカ殿をお連れしました」

『ああ、入ってくれ』

中から男性の声が聞こえると、フェリクスさんが扉を開け、部屋に入った。俺とモニカもそれに続いて部屋に入ると、執務用のデスクにつく、三十代から四十代くらいの男性がいた。間違いなく、この辺りの領主であるクロード様だろう。座っているクロード様は思っていたより、若い。もしかしたら俺と同じくらいかもしれない。

「クロード様、山田殿です」

クロード様を見ていると、フェリクスさんが紹介してくれる。

「はじめまして。私が南にある開拓村の村長を務めております山田タツヤです。お会いできて光栄です」

「うむ。私がクロードだ」

クロード様が頷いた。

「先日、このモニカが報告したと思いますが、この度、開拓村の運営に目途が立ち、国より正式に村として認められそうです。これもクロード様のご協力あってのことです。誠に感謝致します」

実は何をしてくれたのかをわかっていないが、一応、頭を下げておく。

「たいしたことはしていない。まあ、私も国に仕える者として開拓村の成功は大変喜ばしい。それで山田殿が自分で管理すると聞いたが、まことか？」

「はい。そのようにしようと思っております。幸い、このモニカも前村長だったダリルも力を貸してくれますし、皆で協力していこうと思っております」

頑張ろう！

「そうか……まあ、わかった。とはいえ、この町から近いわけだし、何かあれば言ってほしい。できるだけの協力はしよう」

ありがたい言葉だ。

「ありがとうございます。早速なのですが、一つ協力をお願いしたいと思っております」

「うむ。先日、モニカ殿からあらましだけは聞いている。商人を紹介してほしいとのことだったな？」

「はい。村としてやっていける目途が立った理由がリンゴという果物が生《な》る木を発見し、それの安定供給が可能になったからです。それでリンゴを卸す商家を探しているのです」

「それについては可能だ。私も領主として商人ギルドに顔が利くし、取引のある商人が何人もいる。とはいえ、そのリンゴなる果物がどのようなものかを知らないと紹介はできない」

商人ギルド……組合みたいなものだろう。

「もちろんです。本日、そのリンゴをお持ちしました」

そう言うと、空間魔法からリンゴを取り出す。

「空間魔法か……タダシ殿の孫だったかな?」

「はい。祖父が先日、亡くなり、祖父の意向もあって後を継ぎました。それであの村にやってきたのです」

「そうか……わかった」

祖父《じい》さん、有名人だったのかな?

「クロード様、これがリンゴでございます」

クロード様がついているデスクにリンゴを置いた。すると、クロード様がそれを手に取り、じっくり見だす。

「ふーむ……結構、しっかりしているな」

リンゴは硬いからな。

「これならそこまで傷付かずに運搬も可能かと」

「確かに。して、味は?」

「そのリンゴを実際に食してもらうのが一番かと」

「それもそうだな……フェリクス」

クロード様が声をかけると、フェリクスさんが近づいてくる。そして、リンゴを受け取ると、退室していった。

「山田殿。貴殿は魔法使いということだが、実力のほどはどれくらいのものなのだ?」

そう言われてもな……

「申し訳ありません。実は魔法使いになったばかりで修業中の身なのです。祖父が亡くなってから魔法使いになったもので」

「なるほど……短期間で空間魔法を習得したということか。それはさぞ有望なのだろうな」

「どうでしょう？　あまり比較する者がいませんので」

そもそもモニカ以外の魔法使いを知らない。

「ふむ……ああ、そうだ。山田《やまだ》殿、正式に村として認められそうなら村の名前を決めてほしい」

名前か……

「リンゴ村？」

モニカに確認する。

「わかりやすくて良いと思います」

「じゃあ、そうしようか。クロード様、リンゴ村ということで」

「わかった」

俺とクロード様がその後も話をしていると、フェリクスさんが皿を持って、戻ってくる。もちろん、皿の上にはカットしたリンゴが載っていた。フェリクスさんがそのままデスクに皿を置くと、クロード様がカットされたリンゴを手に取る。

「ふむ……これがリンゴか。どれ……」

クロード様がリンゴを一口食べた。

「なるほど……」

「いかがでしょう？　私共としてはこれを村の名産として売り込みたいと思っております」

「うむ。いけると思う。瑞々《みずみず》しいし、甘い。これは売れるだろう。それでどれだけ供給できるのだ？」

「その辺りについては私から説明致しましょう」

モニカが前に出る。

「ふむ」

「リンゴにつきましては月に最低でも百個はお約束できると思います」

スーパー肥料があるし、もっと卸せると思うが、ここはモニカに任せよう。

「ほう？　そんなにか？」

「はい。またこのリンゴは日持ちもするので王都までも供給可能です」

「王都にもか……」

明らかにクロード様の目の色が変わった。

「はい。ですが、先日も申した通り、我らにはこのリンゴを売るすべも王都まで運ぶすべもありません。ですので、是非ともクロード様のお力添えをいただければと考えております」

「わかった。して、このリンゴをどれくらいの価格で売るつもりだ？」

「まだどれくらいまで供給できるかは未知数ですので、とりあえず、最初は卸し先に銀貨一枚くらいと考えております」

高いような安いような……わからないな。

「銀貨一枚？　これをか？」

「はい。最初はそれくらいと思っております。如何《いか》なる商品も知られなければ何もできません」

「……わかった。リンゴをすぐに百個、用意できるか？」

クロード様がそう言うと、モニカが俺を見てくる。俺が話せということだろう。

「クロード様、本日はリンゴを百個ほど持ってきております。あ、いえ、九十九個でした」

一個は食べちゃった。

「これを百個か……いや、わかった。とりあえず、その百個は私が買い取ろう。後日、商人をそちらの村に向かわせる。こちらも商人ギルドと相談しないといけないのですぐには決められないのだ」

商人は何人もいるだろうし、ギルドがあるならすぐには決められないわな。

「わかりました。では、リンゴをお渡しします」

「うむ。フェリクス、任せたぞ」

「かしこまりました。山田殿、モニカ殿、別室に参りましょう」

俺達はフェリクスさんにそう言われたので部屋を出た。

◆◇◆

新村長である山田とモニカ、それにフェリクスが部屋を出ていき、しばらくすると、フェリクスが戻ってきた。

「取引は?」

「終えました。確かに九十九個のリンゴを受け取りました」

「そうか……」

本当に百個も……

「百個のリンゴを空間魔法に収納できるのはすごいですね」

フェリクスもそう思ったらしい。

「大魔導士の孫は大魔導士ということだろう」

私はカットされたリンゴをもう一切れ、口に入れる。

「リンゴはどうですか？」

「食べてみろ」

私が勧めると、フェリクスが一切れのリンゴを手に取り、口に運ぶ。

「これは……」

「すごいだろ？　こんなに甘くて美味《うま》い果実は王都の一流レストランでも食べたことがない」

「確かに……これを月に百個も？」

「最低でも、だ。本当はもっと出せるだろうな。あの女狐《めぎつね》め……」

男を喜ばせるしか能がなさそうな見た目をしているが、中身は計算高い政治家であり、商人だ。

「いくらぐらい供給できるんですかね？」

「少なく見積もっても倍か……いや、もっとだろう」

「あの森にそんな果実が生る木があったのでしょうか？」

「あるわけないだろ。あの山田とかいう魔法使いが用意したんだ」

我が家はここを治めているんだぞ。そんな果物が生る木があったらとっくの昔に見つけている。

「やはりそうですか……異国の者ですかね？」

「確実にな」

山田タツヤ……名がタツヤで苗字が山田だろう。この国は名が先にくる。つまりあの山田は文化圏が異なる国の人間だ。

「異国の者が村長になっていいものですかね？　しかも、将来的には領地貴族になるつもりでしょう？」

リンゴで儲《もう》ければそういうことになる。

「いいわけないだろ」

「王都に報告は？」

「するわけがない。そんなことをする奴は貴族失格だ」

目の前に利益が見えているのにそれを捨てるバカがどこにいる？

「お認めに？」

「向こうが仲良くやろうって言ってきているんだ。仲良くしようじゃないか」

あいつらはこのリンゴを私に売れと言っている。日持ちがするなら直接、王都に売り込めばいいのにわざわざ私のところに持ってきたのはそういう意味だろう。

「争いたくない感じですかね？」

「争いになったらあちらはまず勝てないからな。賢い奴《やつ》らだ」

利益を独占しようとしないところは評価しよう。

「それで銀貨一枚ですか？　さすがに安すぎるような気がしますが……希少価値を考慮すれば金貨一枚でも安いくらいです」

「如何なる商品も知られなければ何もできないとあの女が言っていただろう？　この九十九個のリンゴを安価で王都に売り込んでこいってことだ。次からはふっかけてくるぞ」

「嫌な女ですなー……」

まったくだ。計算高い女ほど、可愛《かわい》くないものはない。

「圧力でもかけますか？」

「いや、目先の利益より、長期的な利益だ。こちらは買ったものを売るだけで儲けが出るんだぞ。欲張るところではない」

無理をしてすべてを失うのは愚か者のすることだ。

「わかりました。問題は商人ギルドですな。どうします？　我が家が直接、王都の商家と取引するのが一番ですが……」

「商人ギルドがそれを黙って見ていると思うか？」

「思いません。猛抗議をし、さらには勝手に南の村に向かうでしょう」

だろうな。しかし、これほどの商品なら商人ギルド内でも揉《も》めそうだ……

「ハァ……めんどくさい連中だ。フェリクス、商人ギルドのギルド長を呼んでくれ」

「かしこまりました」

フェリクスが退室すると、もう一切れのリンゴを口に入れる。

「美味いな……」

まあ、きっと個人的に献上くらいはしてくれるから良しとしよう。

◆◇◆

俺達は取引を終え、屋敷を出ると、町を出るために大通りを歩いていく。

「あんなもんで良かったの？」

「はい。百点満点です」

そうなの？

「リンゴが銀貨一枚でいいの？」

「最初の営業ですよ。まずはリンゴの良さを知ってもらい、広めてもらいます。商売は次からです」

なるほどね。

「じゃあ、人頭税は今度だね」

金貨十枚しかないし、三十枚も払えない。

「そうなりますね。次から人頭税、魔道具、荷馬車などを買います。その辺のことは我々がやります」

「お願い」

実に頼りになる子だ。

「それと申し訳ありませんが、もう少し、あちらの世界の勉強をしてもよろしいでしょうか？」

モニカが申し訳なさそうに聞いてくる。

「いいよ。いつでも来ていいから」

「お邪魔ではないでしょうか？」

「そんなことないよ。村のためだし、モニカがいてくれると、部屋が華やかになるしね」

「……ありがとうございます」

モニカが足を止めて感謝してきた。

「どうしたの？」

「いえ……あの分かれ道まで歩いて、転移で帰りましょう」

「そうだね」

俺達は町を出て、分かれ道まで歩くと、転移で研究室の前まで戻ってきた。

「すぐに帰れるのは本当に便利だわ」

「さようですね。タツヤ様、私はクロード様との話をダリルさんに報告してきます……あ、あの、夜に伺ってもよろしいですか？　あのインターネットであちらの世界のことを知りたいんです」

「いいよ。あれだったら晩ご飯も食べる？」

「よろしいので？」

全然、構わないと思うが……

「パンとかの方が良いかな？」

「あ、いえ。できたら私に合わせずいつも通りでお願いします。どういう料理があるのかも知りたいので」

なるほど。

「じゃあ、ルリにお願いしてみるよ」

「ありがとうございます……」

モニカは深く頭を下げると、頭を上げ、俺をじーっと見てくる。

「どうしたの？」

「いえ……このモニカ、必ずやタツヤ様のお役に立ってみせます」

いや、すでに十分すぎるほど、役に立ってもらっているんだけど……

「そう？　これからもよろしくね。でも、無理はしない範疇《はんちゅう》で一緒に頑張ろう」

「はい。それでは私はこれで失礼します」

モニカはそう言うと、村に向かって歩いていった。

「真面目《まじめ》な子だなー……」

「そう思うにゃ？」

肩にいるミリアムが聞いてくる。

「そうでしょ」

「そうか、そうか……じゃあ、それで」

えー……含みを持たせる猫さんだなー……

俺達は家に戻ると、ルリが淹《い》れてくれたお茶を飲み、一息つく。

「クロード様との交渉も上手《うま》くいったし、順調だね」

「そうですね。タツヤ様のセカンドハウスはどうします？」

それが目的ではある。

「まだ先でいいかな。当たり前だけど、こっちの家があるわけだから急いでやることじゃない。村が落ち着いたらゆっくり考えようと思う」

俺はもう三十五歳だが、人生で言えばまだ若い。焦ることではないだろう。それにどうせ作るなら居心地のよい家を作りたいし、色々と調べてみようと思っている。

「わかりました。話は変わりますが、今日の夕食はどうしましょう？」

夕食か。モニカも来るだろうし……

「クロード様との交渉が上手くいったし、お祝いでもしようか」

「良いと思います」

「ミリアム、何が食べたい？」

「魚」

魚か……となると、寿司かな？　出前でも取ろうか……いや、待てよ。

「ミリアム、転移って行ったことあるところに飛べるんだよね？　それって、俺が転移を覚える前に行ったところでも飛べるの？」

「飛べるにゃ。だから協会の取調室でもお前が勤めていた会社でも飛べるにゃ」

よく考えると、転移ってヤバいな。なる気はないけど、怪盗になれる。

「俺さ、前に出張で山口県に行ったことあるわ」

「山口？　あー、フグ」

「それそれ。当時は一人で出張だったし、そんなに収入もなかったから買えなかったけど、今なら余裕で買える。せっかくだし、転移を使って買ってこようか」

「良いと思うにゃ！　私は毒なんか効かないにゃ！」

いや、俺らは死ぬよ。

「ちゃんとプロが下ろした切り身を買うよ。それで鍋《なべ》にでもしようか」

「唐揚げと刺身もにゃ」

食いしん坊な猫だなー……

「ルリ、できる?」

俺はできない。

ルリのテンションがちょっと高い。多分、ルリも食べたいんだ。

「大丈夫です!」

「じゃあ、買ってくるよ」

俺は転移を使い、山口県に飛んだ。転移で怖いのは転移した先に人がいて、大騒ぎになることだが、それは認識阻害の魔法で誤魔化《ごまか》せる。

「懐かしいような……そうでないような」

街並みを見ているが、あまり覚えていなかった。まあいいやと思い、街中を歩いていき、市場に向かう。そして、以前の俺なら絶対に買わなかったであろう値段のフグを買い、家に戻った。

「ただいま」

「おかえりにゃー! ルリに渡すにゃ!」

テンションマックスな猫さんに急《せ》かされたのでルリに買ってきたフグを渡す。ルリもちょっと嬉《うれ》しそうな顔でキッチンに行き、準備を始めた。そして、リビングで魔法の勉強をしながら待っていると、モニカもやってきて、夕食の時間となった。

「これがフグですか……鍋も唐揚げも刺身も向こうの世界にはないものですね……あ、美味《おい》しい」

モニカが唐揚げを食べ、笑顔になった。ルリも美味しそうに食べているし、ミリアムに至っては会話というコミュニケーションを放棄し、一心不乱に食べている。

「毒がある魚なんだけど、それを何とかして食べようとした先人の気持ちもわかるね」

美味いわ。鍋も唐揚げも刺身も違った旨味がある。

「山田《やまだ》、おかわり」

「はいはい」

ミリアムのために皿を取り、フグを載せていく。

「山田って他にどこに行ったことがあるんだ？」

「んー……出張だと北海道、大阪、岡山くらいかなー。あとは学生時代の修学旅行で京都、奈良か」

「ほうほう。カニだな」

北海道ね。こっちのことをよく調べている猫だわ。

「また買ってきてあげるよ」

「よろしく頼むにゃ。他にも気になるところがあるし、あとで私がリストアップしてやるから飛行機でも電車でもいいから一回行ってこい」

まあ、一回行けばいいからな……それに色んな土地の名産を簡単に買って食べられるのは良い。

「わかったよ」

それも楽しいなと思いながら唐揚げを食べる。

うーん、美味い……しかし、ひれ酒も買ってくれば良かったな……

クロード様との交渉が終わり、お祝いのフグを食べてから数日が経《た》った。その間、ほぼ毎日、モニカがやってきて村の報告がてらにインターネットを見ていた。夜に来て、ご飯を食べ、風呂《ふろ》に入って調べ物をするのがモニカのルーティンとなっており、今日もそんな感じで過ごしていた。そして、ビールでも飲もうと思って、冷蔵庫を開けたのだが、ビールがなかった。

「あれ？　ないな」

どうやらストックが切れていたらしい。

「あ、すみません。明日、買いに行こうと思っていたんです」

ルリは今日、買い物に行っていなかった。

「いいよ。ちょっとコンビニに行ってくる。ルリも何かいる？」

「肉まん！」

リビングの方から猫さんの声が聞こえてくる。

「はいはい。ルリは？」

「私は歯磨きをしたのでいいです。あ、朝食の食パンを買ってきてくれませんか？」

「了解」

頷《うなず》くと、冷蔵庫を閉め、リビングに戻った。

「モニカ、コンビニに行ってくるけど、何かいる？」

パソコンを眺めているモニカにも聞いてみる。

「コンビニ？　あー、二十四時間営業とかいうあれですか……あの、私もついていってもいいですか？　見てみたいのです」

「それはいいけど……」

モニカの服装をじーっと見る。いつもの白と青を基調としたローブ姿であり、非常に似合っていると思うし、綺麗《きれい》だと思う。でも、日本だと浮いてしまわないだろうか？

「大丈夫かな？」

ルリに確認する。

「認識阻害の魔法を使いましょう。でも、モニカさんの服を買った方が良い気がしますね」

確かになー。

「モニカ、明日は空いてる？」

「空いてますよ。元より、タツヤ様が優先です」

「じゃあ、明日買い物に行こうよ。モニカの服を買おう」

「よろしいのですか？」

「全然いいよ」

というか、まだモニカに給料も支払えていない超絶ブラックな状況だったりする。

「ありがとうございます」

「うん。じゃあ、コンビニに行こうか。近くだから」

「わかりました」

ルリに認識阻害の魔法をかけてもらうと、モニカと共に家を出て、近所のコンビニに向かった。

コンビニに着くと、食パンとビールをカゴに入れる。すると、モニカが本のコーナーで立ち止まり、じーっと本を見ていた。

「どうしたの？」

「いえ、やはりこの世界はすごいですね。こんな精巧な本を見たのは初めてです」

モニカは女性もののファッション誌を手に取り、めくっていく。

「あっちの世界の本を知らないけど、そうかもねー。モニカは本が好きなの？」

「ええ。あの村に赴任してからは本を読む機会がまったくなくなりましたが、王都の実家にいた時にはいつも読んでいました」

あの村に本はないだろうからな……

「明日。服を買いに行くついでに本屋でも行く？」

「よろしいのでしょうか？」

「いいよ。あ、それ買う？　明日服を買いに行くし、参考にしなよ」

「ありがとうございます」

モニカからファッション誌を受け取ると、レジに行き、肉まんと共に購入し、家に戻った。そして、美味しそうに肉まん食べるミリアムと、ファッション誌を読みながらルリと相談しているモニカを眺めながらビールを飲んだ。

翌日、朝からやってきたモニカと共に皆で家を出ると、まずはモニカの服なんかを購入するためにショッピングモールに行くことにした。俺は女性のファッションのことになると何もできないのでお金のことは気にしないでいいよとだけ言って、ルリとモニカにお任せし、ミリアムを撫《な》でながら休憩スペースで待つことにした。そのまましばらく待っていると、ルリと共にローブではなく、こちらの世界の服に着替えたモニカが戻ってくる。

「お待たせしました。どうですかね？」

ルリがモニカを見ながら聞いてくる。モニカは薄ピンクのニットと長いスカート姿であり、長い金髪をまとめて前に持ってきている。非常に似合っているが、何かがちょっと暴力的だ。

「似合っているし、可愛《かわい》いよ」

これしか言えない俺。

「あ、ありがとうございます」

モニカが頬を染めてお礼を言ってくる。まあ、モニカが喜んでいるなら良いだろう。

「タツヤさん、すみませんが、ちょっとお金がかかりました。一着というわけにはいきませんし、女性は色々と必要なもので……」

まあ、そうだろうね。その辺は詳しく知らないので任せるしかない。

「大丈夫だよ。お金の目途は立っているし、必要なことでしょ。ルリも女の子だし、遠慮せずに買いなよ。可愛いルリを見るのが癒やしなんだから」

そう言いながらルリの頭を撫でる。

「あ、ありがとうございます。じゃあ、買ってきてもいいですか？　他にも必要な物がありますし」

「いいよ。俺はここでミリアムと一緒に遊んでいるから」

ミリアムは寝てるけどね。非常に可愛らしいし、毛並みが最高だわ。

「わかりました。モニカさん、行きましょう」

「はい」

二人がまたもや買い物に行ったのでミリアムを撫でながら待つことにした。そして、昼前には二人が戻ってきたのでレストランで昼食を食べ、ショッピングモールを出る。午後からはもう一つの目的地である書店に向かうことにした。大型の書店に到着し、店内に入ると、モニカが呆然《ぼうぜん》と周囲を見渡していた。

「こんなに本があるなんてすごいですね……王都の図書館をはるかに超えています」

「ここは一階だけどね。この本屋は五階まであるよ」

「五階……本は知識の結晶です。それがこんなにも……文明が発展するわけです」

「まあ、色々と見てみなよ、いくらでも買っていいから」

お金はある。低級悪魔でも十万ももらえるし、固定給が五十万もあるのだ。

「ちょ、ちょっと見てみます」

モニカがそう言って本を見て回り出したので俺達もついていく。モニカは家庭菜園の本を手に取ると、パラパラとめくり、閉じた。

「なるほど……」

「え？　何が？」

「かなり詳しく書いてありますね。しかも、写真付きなのでわかりやすいです」

モニカはそう言うと、家庭菜園の本を棚に戻し、別の本も手に取った。そして、同じようにパラパラとめくって本を閉じた。

「うーん……やはり肥料ですね」

あのー……数秒めくっただけなんですけど……

「もう読んだの？」

「さらっとですよ。しっかり読んだら時間がいくらあっても足りませんから」

いや、それにしても速読すぎんか？

「そ、そう？　まあ、その辺りはルリが持っているタブレットに電子書籍で揃《そろ》えてあるし、好きな

「本を買いなよ。小説とか色々あるからさ」

「それもそうですね」

俺達は専門書のコーナーを離れると、小説とかが置いてあるコーナーに行く。すると、またもやモニカが手に取った本をパラパラとめくり、元に戻す作業を繰り返していく。

「わかるの？」

「正直なことを言えば、文化を完全に把握できていないのでわからないことが多いです。例えば、この本ですが、何故《なぜ》、警察や兵士でもない者が殺人事件を解決しているのでしょう？」

モニカが持っているのは探偵物のミステリーだ。

「そういうものとしか言えない。フィクションだよ」

「なるほど……まあ、王都でも一時期、王子様と農民の娘の恋愛話が流行《はや》りましたしね」

どこの世界にもあるんだなー。

「そうそう。まあ、良さそうなのを探しなよ」

「わかりました」

モニカはその後も本を眺めていく。すると、とある本を手に取り、パラパラとめくったのだが、この本はもう一度、パラパラとめくった。それはドラマでも見たことがある成り上がりものの戦記だった。

「なるほど……川を背に陣を張ると、後がないから兵の士気が逆に上がるんですね……」

戦記物が好きなのかな？

「買ってもいいよ？」

そう言うと、モニカは持っている本を見た後に正面の本棚にある大量の戦記物を見る。

「いくらでも買っていいよ。スペースもあるし、なんなら空間魔法だってあるからね」

「では、これを買います」

「あ、持つよ」

モニカから本を受け取ると、モニカが本棚に手を伸ばし、別の本を手に取った。

「彼を知り己を知れば……兵は神速を尊ぶ……」

兵法書かな？

「この武器があれば弓を使ったことがない村民でも戦える……」

んー？

「民を操縦するには熱……」

なんか物騒になってきたな……戦記物を楽しんでいるんじゃなくて、利用しようとしてない？

「モニカ、もっと楽しそうな本にしたら？」

もう十冊は持っている。

「そうですね……逆におすすめの本はありますか？」

漫画になっちゃうなー……

「逆にファンタジーの小説でも読んでみたら？」

ファンタジー世界の人間が読んだらどう感じるか気になる。

「わかりました。読んでみます」

俺達はその後も本を見て回り、十五冊の本を買った。内訳は戦記物が十冊でファンタジー物が三冊、あとはファッション関連と人に好かれるための一冊という謎の本だった。俺達はそれらを購入すると、書店を出て、ファミレスで夕食を食べてから家に帰った。そして、家でまったりと過ごしているのだが、モニカはパソコンの前ではなく、コタツ机でファンタジー物の小説を読んでいた。

「面白い？」

「まあ、面白いとは思います。でも、まだ半分もいってないのに奥さん候補が三名もいますね……」

ハーレム物だな。表紙に複数の可愛らしい女の子が描かれているし。

「男の子が読む物だと思う。女子向けを買えば良かったかな？」

「いえ、チラッとそういうものも見てみましたが、王都にある恋愛小説と似たような話でした。こちらの方が新鮮ですし、参考になります」

そういえば、王都で流行ったたって言ってたな。しかし、参考って？

「まあ、本はたくさんあるし、好きなのを見つけなよ。いくらでも買っても良いし、ルリのタブレットで電子書籍を買ってもいいからさ」

俺は祖父《じい》さんの魔法本以外は漫画しか読まないからおすすめできない。

「ありがとうございます……へー……男性はこういう女性が好きなんですねー……」

なんか恥ずかしくなってきたな。

「ファンタジーだから……」

「今度は魔法がお上手な女性が出てきました……」

ファンタジーだから……いやー、そこに関しては何も言えねー。

それから数日が経《た》ち、その間、モニカはインターネットを見ているか本を読んでいた。そして、今日も夕方になり、いつものようにモニカがやってくる。

「こんばんは」

「やあ、モニカ。いらっしゃい」

モニカは挨拶《あいさつ》をし、俺の前まで来て、正座で座った。

「どうしたの？」

「タツヤ様、本日、クロード様の使者がいらっしゃいました」

「何て？」

「リンゴを扱う商家が決まったそうでその報告です」

「思ったより早かったね」

「相当、揉《も》めたようですが、それに業《ごう》を煮やしたクロード様が圧力をかけ、最終的にはオベール商会ということになったそうです」

オベール商会？　当たり前だけど、知らないな。

「モニカは知ってる？」

「はい。商人ギルドのギルド長であるエリク・オベール様の商会です。この一帯で最大の商会です」

マジ？

「そんなのが出てくるのか……」

「はい。そういうわけで明日、挨拶に来られるそうです。村に来ていただけますか？」

明日か……まあ、予定はないな。

「わかった。さすがにそこまでの大手なら俺が対応するべきだろう」

まあ、仕方のないことだ。

「お願いします。エリク様が来られるそうなので……」

「商会長さんが直々に来るの？」

「はい。そう聞いております。このような商機を他の者には任せないでしょう」

マジかよ。要は社長さんだろ。すごいな。

「いつ頃来られるの？」

「昼過ぎですね」

「わかった。ちょっと注意がいるね」

「それでお願いします。最初ですべてが決まるとお考えください」

まあ、大事なのは第一印象だわな。ここで悪かったら最後まで悪いだろう。特に商人はそう。

「了解。モニカも同席するんだよね？」

「もちろんです。向こうがどのようなことを聞いてくるか、どのような要求をしてくるかを予想してまとめてきましたので事前に相談しましょう」

確かに大事なことではあるな。

「そうしよっか」

「はい」

俺達が明日の打ち合わせをし、モニカの予想を聞いていると、夕食になったので皆で食べた。翌日、昼前に早めの昼食を終え俺はミリアムを連れて、村に向かう。村は相変わらず、畑仕事をしている人やはしゃいでいる子供達がおり、微笑《ほほえ》ましかった。俺達はそのまま門の方に向かうと、門の近くに知らない建物があり、その前にはモニカが立っていた。

「モニカ」

「こんにちは。早いですね？」

モニカが微笑みながら聞いてくる。

「まあね。それよりも何してんの？　中で待たないの？」

「エリク様を待ってます。タツヤ様は中で待っていただいて結構ですよ」

出迎えるわけか。

「じゃあ、俺も待ってるよ。多分、予定より早く来るしね」

「そうなんですか？」

「ほら、道を整備したじゃん」

ここまでの道が悪いことは大手の商人なら知っているだろうし、当然、それを見越して、出発しているだろう。

「あー……確かに。では、待ちましょうか。時にタツヤ様、結婚願望はおありですか？」

「ん？　いきなり何？」

「今後のことでかなり重要な話です。リンゴの売買が上手《うま》くいき、この村が潤った時に一番、タツヤ様に取り入る方法が婚姻なのです。エリク様はもちろんのこと、他の商人や貴族も狙ってくるかもしれません。もちろん、それ相応の女性を用意してくるでしょう。いかがですか？」

モテモテだな。微妙な気分だけど。

「欲ある者に祖父さんの魔法やあっちの世界のことを説明しろってこと？　ないでしょ」

トラブルの匂いしかしない。

「では、そういった類《たぐい》のことは断るということでよろしいですね？」

「そうだね」

それでいいだろう。

「かしこまりました。そこで提案があります」

提案？

「何？」

「すでに結婚していると偽ってください。ルリさんは娘ということで……」

なるほど。最初からそう言えば、そういう話もなくなるのか。

「一応聞くけど、この世界って一夫一妻？」

「具体的なルールはありませんが、庶民はそうです」

貴族、王族は違うのかな？　まあ、跡取りのこともあるし、権力者はそうか。

「ルリを娘にするのはわかったけど、奥さんはどうするの？　いないよ？」

「表に出たがらないという理由でいいでしょう。病気がちでもいいですが、それは隙になります」

そんな女より、ウチの健康的な娘をーって言われそうだからか。

「わかった。その設定でいこう……あ、馬車が来たよ」

モニカと話していると、道の先に豪華な馬車が見えてきた。

「おそらく、エリク様かと」

「だろうね」

そのまま待っていると、馬車は門の前で止まった。ぼろい門と豪華な馬車がミスマッチすぎる。

「……門を早急に整えましょうか」

モニカが小声で提案してくる。どうやらモニカも同じことを思ったようだ。

「……そうだね」

ちょっと恥ずかしいなーと思っていると、馬車から初老の男性が降り、俺達のもとにやってきた。

「リンゴ村の村長殿ですかな？」

初老の男性が聞いてくる。

「はい。この村の村長を務めております山田《やまだ》タツヤです。こちらは秘書のモニカです。エリク様でよろしいでしょうか？」

そう言いながら頭を下げた。

「ええ。私がオベール商会のエリクです」

「ようこそいらっしゃいました。こんなところで立ち話をするのもなんですし、どうぞ、こちらへ」

そう言いながら二人を応接用の建物に案内した。中は対面式のソファーとテーブルがあるだけの簡素な内装だったが、十分に暖かかった。おそらく、魔道具のおかげだろう。

「どうぞ」

エリク様に座るように勧め、俺達もエリク様の対面に腰かける。

「最近はめっきり冷えてきましたなー」

「本当ですね。年々、寒いのがきつくなりますよ」

「まったくです。馬車の中には魔道具が設置されていますが、それでも寒かったですよ」

暖房付きとは高そうな馬車だなー。俺達もそれを買おうかな……

「御足労をかけます」

「いえいえ。本当はもっときついと思っていたんですが、あっさり着きましたよ」

道のことか……

「いやー、あの道はないですよ。これからリンゴを売ろうっていうのに商品を傷つけるだけです」

「ほうほう……というと、山田殿が整備したのですかな?」

「ええ。私も魔法使いの端くれですからね。修業がてら整備しました。大変でしたよ」

主に足腰が。

「なるほど……大魔導士様と聞いておりましたが、そのような御方と一緒に仕事ができて光栄です」

違うんだけどね。

「いえ、こちらこそ、エリク様と商売ができて光栄です」

「ははっ、さすがに様付けは不要ですし、そこまでへりくだらなくて結構ですよ。私は一商人に過ぎませんし、村長殿にそのような対応をされても困ります」

大手の社長さんはしっかりしてるなー。

「そうですかね? では、エリクさん、商売の話をしましょうか」

「そうですな」

エリクさんが深く頷《うなず》く。

「まずですが、先程、言った通り、道の整備はしてあります」

「ええ。最初はリンゴをハリアーの商店にまで持ってきてもらうことになることを説明しようと思ったのですが、あの道なら問題ありません。こちらで馬車を出し、引き取りに来ましょう」

以前の道では輸送がネックになっただろうしな。

「それはありがたいですね。小さな農村なので人手が足りなくて」

「それは仕方がないでしょう。もし、よろしければ人手を用意できますが？」

探りだろうな。

「いえ、そこまでではないですよ」

「さようですが、人手が入用の際は声をかけてください。あ、もちろんですが、物資もです。ウチの商会は手広くやってますからね」

「馬とか馬車とかもです？」

「直接扱ってはいませんが、用意できますよ。もし、お求めになるのならお声がけください」

思ったよりもずっと大きい商会っぽいな。

「ありがとうございます」

「いえいえ。それで本題のリンゴなんですが、どのような契約に致しましょう」

「どのような契約とは？　種類があるんですか？」

知らないフリをしているが、実は昨日、モニカから聞いていたりする。

「ええ。色々あります。まずはリンゴの専売契約をしてくれませんかというのがこちらの希望です」

専売か……つまりこの人の商会以外には売るなということだ。

「専売ですか……言っておきますが、リンゴは果物ですよ？」

その辺に生えているかもしれないよー……

「もちろん、存じております」

エリクさんはきっぱりと頷く。

「うーん、専売ですか……」

「もちろん、その際には高値で買い取らせていただきます。リンゴ一個につき、金貨二枚出します」

マジかよ……

「そんなに高価なんですか？」

「先日、クロード様にリンゴを九十九個売られましたよね？　クロード様はあれを王都に売り込みました。すると、大好評でして、色んなところから問い合わせが来ている状態です。はっきり申しますが、急《せ》かされております」

それでクロード様が圧力をかけて、さっさと決めろって言ったんだな。

「専売でない場合は？」

「金貨一枚です」

半分か……それでも金貨だ。

「一応、聞きますが、その専売というのはハリアーの町だけではないですよね？」

「もちろんです。王都の商会にも売らないでいただきたい」

まあ、最初からハリアーの町を通すことにはしていたが……

「もう一つだけ一応聞いておきます。競りはしない方が良いです？」

「商人を敵に回す行為は避けた方が良いと思います。商人同士はライバルですが、一方で手を組む時は組みます。また、私の口からは言いにくいことですが、クロード様がいい顔をしないでしょう」

だろうなー……こんな三十人程度しかいない村だもん。簡単に潰《つぶ》せる。

「でしょうね。専売の件はわかりました。どちらにせよ、何人もの商人が来られても困りますし、クロード様が紹介してくださったわけです。エリクさんにお願いするのが正解なんでしょうね」

「ありがとうございます」

エリクさんは深々と頭を下げた。

「いえ、こちらこそよろしくお願いします」

うーん、それにしてもここまではモニカの想定通りだな……本当にすごい子だわ。

「それでは具体的な話を進めさせていただきます。クロード様より月に最低でも百個はお約束できると伺っております。少なく見積もられているでしょうから、実際のところどのくらいなら用意できそうですか？　これを聞いておかないと運搬用の荷馬車を用意できませんから」

リンゴ百個分が入る馬車を用意して、二百個だったら持って帰れないからだな。

「月に三百個はいけると思います」

「ほう……！　そんなに？」

「ええ。もちろん、多少前後することもありますし、自然が相手なので断言はできませんが……」

「それはもちろんです」

その辺は商人なら当然、織り込み済みだろう。

「何かあった時はもちろん、連絡します。そんなに離れているわけではありませんから」

「わかりました。お願いします。他にも売りたいものや仕入れたいものがあればご相談ください。

私は商人ギルドのギルド長も務めておりますから他の商人も紹介できます」

　これも昨日、モニカが言ってた通りだな。

「そうですね。その時はできたらエリクさんにお願いしたいですね」

「さようですか。では、私にできることならば対応致しましょう」

「よろしくお願いします」

「ええ。今後とも末永くお付き合いしてもらいたいですね。ちなみに、山田殿はご結婚をされていますかな？」

　これはさっき言ってた通りだな。

「ええ。妻と娘がおります。妻はあまり表には出てこないんですがね……」

「そうですか……わかりました。それでいつ頃にリンゴを納品できますか？　先程も言いましたが、急かされておりましてね……中には貴族の方もおりまして急ぎたいと思っているのです」

　貴族もか……そりゃクロード様も急かすわ。

「いつでも可能です。今は三百二個のリンゴを用意しています」

「三百二個ですか……明日でも大丈夫ですか？」

「今夜でも結構ですよ」

　今から帰ってすぐに出れば夕方か夜には来られるだろうしな。

「なるほど……では、今夜にでも取りに来させます。代金はその時にでも？」

「もちろんです。ただその際はこちらのモニカかダリルという者にお願いします。私はこの村にずっといるわけではありませんから」

「ああ……大魔導士様でしたね。わかりました。そのようにします」

「よろしくお願いします」

「では、私はこの辺で失礼します。夜に残りのリンゴを引き取りにくると思いますが、別の者を遣わせます。私はこれから王都に運ぶ準備をしないといけませんので」

エリクさんがそう言って、立ち上がったので一緒に建物を出る。そして、馬車まで向かった。

「エリクさん、今後ともよろしくお願いします」

「ええ。こちらこそ、よろしくお願いします。それでは……」

エリクさんが馬車に乗り込むと、御者が馬車を動かし、去っていく。

「オベール商会はどうだった?」

「真っ当でしたね。御しやすいと考えて、リンゴを買い叩《たた》くかと思ったんですけど……」

「買い叩かれたらマズいでしょ」

高い方が良いに決まっている。

「昨日も言いましたが、専売契約が向こうの絶対条件です。ならば、こちらとしては信用できる商人にしか任せられません」

昨日の夜、モニカからオベール商会が出すであろう条件を聞いていた。その一つが専売契約だ。大手とはいえ、地方の商会が王都の商会に勝つためには専売にしないといけないらしい。

「買い叩かれそうになったらどうしてたの?」

「その時はそのことをクロード様に報告し、王都の商人と契約します。クロード様もそういう事情なら文句を言えませんし、我らとしては義理は十分に果たしています。そちらの方がこちらにメリットがあったんですけどね……」

「まあ、大手さんならその辺もわかっているか」

「ですね。私はリンゴの用意などをしますのでこれで……また夜に報告と御馳走《ごちそう》になりに行きます」

モニカが微笑《ほほえ》んだ。

「うん。おいでよ。じゃあ、俺は帰る」

「お疲れ様でした」

モニカが頭を下げたので俺はミリアムを連れて家に帰った。そして、ルリが淹《い》れてくれた濃い番茶を飲みながら一息つく。

「交渉はどうでした？」

「上手《うま》くいったよ。モニカは本当にすごいね」

「人には向き不向きがあるとは思いますが、モニカさんはそれが極端ですね。タツヤさんはよく見《み》出《いだ》されたと思います。私もミリアムもモニカさんを魔法使いとしか見ていませんでしたから」

魔法を知ってから日が浅いからなー。それに村の運営の方で困っていた。

「ルリ、モニカのことをどう思う？」

一緒に出掛けたりしているし、ちょっと気になる。

「良い方だと思いますよ。雰囲気がおっとりしているので一緒にいて気が楽です」

ルリも大人しい子だからな。

「わかっていると思うけど、魔法のことに触れたらダメだよ？　一気に暗くなるから」

「はい。この前も一緒に買い物に行きましたが、空間魔法で荷物を収納したらガン見された後に落ち込んでましたね」

普段は自信満々なんだけど、魔法のことになると、以前のモニカに戻っちゃうからな。

「気を付けようね。今日も夕方に来るらしいけど、交渉も上手くいったし、せっかくだからお祝いしようか」

「そうしましょう。何が良いですか？」

「カニ」

ミリアムが即答した。

「北海道に行ってくればいいの？」

「うん！」

ミリアムがすごい綺麗《きれい》な目をしている……

「じゃあ、買ってくるよ」

俺は転移で北海道に飛ぶ。

「寒っ」

まだ十月末だが、めちゃくちゃ寒い。というか、雪が……

もうちょっと暖かい格好にすれば良かったと思いながら市場に行き、またもや以前の俺の収入では絶対に手を出さない額のカニを購入した。そして、家に帰り、この日も皆でルリが調理してくれたカニを食べた。

非常に美味《おい》しかった……うん、カニカマよりも美味しかった。

第四章　悪魔

　あれから数日が経《た》ち、十一月に入った。リンゴも売れ、村も安定してきたと思う。最近はリンゴ村の方に力を入れていたが、ちょこちょこと橘《たちばな》さんと一ノ瀬《いちのせ》君からテスト勉強の愚痴やテストの手ごたえのメッセージが届いていた。そして、昨日の夜、橘さんから【テスト終わったー！】【いえーい！】というテンションマックスのメッセージが立て続けに届いた。子供の頃から退魔師をやっていると聞いていたから普通とは違うのかなと思っていたが、こうやって話を聞いていると、二人共、ちゃんと高校生をしているし、橘さんと一ノ瀬君も良い子達だなと思う。テストが終わったのでまた仕事を再開することになっているが、問題なくやれそうな気がする。問題は俺の通帳の方だ。

「すごい……」

　俺はスマホで預金残高を見ているが、そこにはタイマー協会から金が振り込まれていた。俺がタイマー協会に入ってからすでに五十万近くも振り込まれており、その金でソシャゲに課金したり、高い釣り道具なんかを買ったりして、ちょっと散財した。以前の俺なら考えられない贅沢《ぜいたく》だが、今後の収入を考えると余裕だし、ルリが作ってくれる食事も牛肉やちょっと高い魚も増え、本当に生活のランクが上がっている気がする。

「楽な仕事だにゃー……」

　一緒にスマホを覗《のぞ》き込んでいるミリアムが呆《あき》れた。

「まあねー……」

心苦しいのはこの褒賞金が橘さんと一ノ瀬君には入らないことだ。一ノ瀬君なんかバイトをしているというのに……

「これで生活には困らない……にゃ？　橘にゃ？」

スマホを見ていると、着信画面になり、橘さんの名前が表示されている。

「電話？　珍しいな……」

いつもはメッセージアプリでやり取りをしている。授業の合間や夜によくテストの愚痴が来るが、今は平日の昼間だ。

「とりあえず、出るか……もしもし？」

『こんにちはー。いきなり電話をしてすみません。お忙しかったですか？』

『こんちわっす』

あ、一ノ瀬君もいる。

「暇してたところだけど、二人共、どうしたの？　まだ学校でしょ？」

『お昼休みですねー』

今は十二時半ぐらいだし、それもそうか。

「なるほど。電話なんて珍しいね。何かあった？」

『はい。放課後……えーっと、四時くらいですけど、ちょっとお話できませんか？』

「四時？　大丈夫だよ。でも、今日は水曜だし、一ノ瀬君がバイトじゃない？」

『あ、そういえば……』

『忘れてた……』

一ノ瀬君は忘れるなよ。

『休める？』

『うーん、いきなり当日はなー……』

電話越しで相談が始まった。

『私が先に説明だけでもしておこうか？』

『悪い。それで』

『山田《やまだ》さーん、ちょっとユウセイ君がダメなんで私が話します。どこかで待ち合わせできませんか？』

橘さん一人か。

「タイマー協会でいいんじゃない？　あれだったらファミレスとかでもいいよ？」

『ファミレスがいいでーす』

「じゃあ、いつものところで待ってるよ」

俺達が仕事をする際は大抵、二人が通っている学校近くにあるファミレスで待ち合わせるのだ。

もちろん、ファミレスの場合は俺の奢《おご》り。大人だし、褒賞金のことを考えるといくらでも奢る。

『ありがとうございます！　じゃあ、四時にファミレスで。よろしくお願いしまーす』

「はいはい……よろしくね」

電話を切ると、スマホを置いた。

「何だろ？」

ミリアムを撫《な》でながら聞く。

「仕事とは思うけどにゃー……わかんないにゃ」

「まあ、とりあえずは聞いてみるか」

ミリアムを撫でているとテレビを見ているルリが目に入った。この子は本当にテレビが好きだ。子供なのにワイドショーとか昼ドラとか見てるし、主婦みたい。

「ルリ、橘さんから電話があって夕方にちょっと出てくるから」

「わかりました」

ルリは頷《うなず》くとすぐにテレビに視線を戻す。テレビではチョコレート特集をやっており、流行《はや》っている店の高級チョコレートを紹介していた。ルリはそんなテレビに釘付《くぎづ》けになっている。

「その店のチョコが食べたいの？」

ルリはチョコレートが大好きなのだ。

「いえ、別にそんなことないです。チョコはストックがありますから」

ルリが首を横に振って、テレビを再び、見だした。その目は真剣そのものである。

「そう？」

「はい」

そうなのかなと思いながらも夕方までのんびりと過ごす。そして、時間になったのでミリアムと共にタクシーを使ってファミレスまでやってきた。店に入り、店内を見渡すと、橘さん達と同じ制服を着た男女を数人見かけるが、その中に橘さんはいなかった。俺はやってきた店員にもう一人来ることを伝え、席に案内されると、ドリンクバーを頼む。そのまましばらく待っていると、店に橘さんが入ってきた。橘さんは店内を見渡していたが、すぐに俺を見つけ、笑顔でやってくる。

「遅れてすみません」

橘さんは謝りながら席についた。

いつもは一ノ瀬君と共に対面に二人で座っているから橘さん一人だと違和感があるな……大丈夫？　変な目で見られてないかな？

「全然だよ。同じ学校の生徒さん達もいるけど、大丈夫？」

俺、怪しくない？

「大丈夫ですよー。山田さんは心配性ですねー」

そら、そういう年齢だもん。本来なら話す機会もないし、話しただけで事案になってしまう。

「大丈夫ならいいや。何か頼む？」

そう言って、メニューを渡す。すると、メニューを開いた橘さんが悩みだした。

「うーん……美味しそう……でも、カロリーが……今夜、走るか……？」

橘さんはいつもこうである。一方で一ノ瀬君は即断即決で肉一択。

「好きなものを頼んでいいからね？」

「山田さんが悪魔に見えてくるなー……」

悪魔はテーブルの上で丸まっているよ。橘さんが熟考の末、ケーキを頼む。しばらくすると店員がケーキを持ってきて、橘さんの前に置く。すると、橘さんはすぐにケーキを食べだした。

「美味しいー！　この瞬間は何もかも忘れよう！　後悔は明日！」

あ、うん。なんかゴメンね。

「それで今日はどうしたの？」

「あ、そうでした。これは忘れちゃダメだ」

うん。忘れないで。ケーキを奢っただけになっちゃう。いや、別にいいけどさ。

「電話なんて珍しいから緊急事態かなんかだと思ったよ」

「うーん、緊急といえば緊急かな？　実は相談というか報告があるんですよ」

「何？　追試？　勉強は見てあげられないよ？」

覚えてないし。

「違いますよー……いや、成績がヤバいのは確かなんですけどね」

橘さんはガクッと落ち込む。やっぱりあまり成績は良くないっぽい。

「じゃあ、何？」

「実は私達が通っている学校で魔力を感じるんです。多分、悪魔かなーっと」

「学校で？」

「はい。今朝からずっと感じてまして、昼にユウセイ君と話していたんですよ。それで山田さんに相談しようっていうことになって……」

なるほどね。

「協会には？」

「報告はしました。そしたら調査してくれって……」

まあ、学校のことだし、そこに通っている人間がいいわな。

「してみた？」

「休み時間とかに探してみたんですけどねー……でも、行ける範囲が限られていますし、時間がそんなになかったです」

授業があるもんなー……それに学校は広いし、人も多い。

「調査の仕事をするのはいいけど、俺は無理だよ？　学校に入れないもん」

「ええ。ですので山田さんに協力してもらうのは夜か土日です。学校に許可を取って調査することになると思います」

「誰もいなくない？」

「とり憑《つ》くタイプの悪魔じゃないパターンの時ですよ。昼間は私とユウセイ君で継続してやります」

ああ、そうか。そっちの可能性もあるのか。

「学校への許可は協会の方でやってくれるの？」

「はい。警察とか業者を装って調査することになります」

「なるほどねー」

「それでどうしますか？　この仕事を受けます？　断ることもできますけど」

断れるのか……

「君達はどうしたいの？」

多分、その相談を昼にしていたのだろう。

「私達の学校のことですので可能だったら受けたいな、と……ただ、リーダーは山田さんですし、山田さんに従います」

もし、断ったら二人だけでやりそうな感じがする……

「魔力的にはどんな感じ？」

「危険度はEかDってところですかね？　あくまでも私とユウセイ君が探った限りですけど」

うーん……微妙。正式な調査員がランク付けしてないからなー。まあ、ミリアムがいるし、もしものことがあってもどうにかなるか……

「仕事を受けるのはいいよ。具体的にはどうするの？」

「山田さん、今夜、空いてます？」

「え？　今日？」

「早い方がいいので……」

先に言ってほしかったな……でもまあ、学校に悪魔はちょっとマズいか。生徒がいっぱいいる。

「ちょっと待ってね。ルリに電話してくる」

「わかりましたー」

席を立つと、橘さんがケーキを食べるのを再開したので一旦《いったん》、店の外に出た。

「ミリアム、来てくれるよね？」

「もちろんにゃ」

ミリアムが頷いたので家に電話をかけた。すると、すぐに呼び出し音がやむ。

『もしもし？』

ルリの声だ。

「ルリ？　あのさ、今日、仕事で遅くなりそうなんだ」

『何時頃ですか？』

何時だろ……

「ちょっとわかんない。だから悪いけど、先にモニカとご飯食べてお風呂《ふろ》に入ってて。眠くなったら寝てていいから」

『わかりました。夕食は冷蔵庫に入れておきます。食べないなら明日の昼食にしましょう』

何時になるかわからないし、それがいいかもしれない。

「それでお願い。あ、お菓子を食べてもいいけど、歯磨きしてから寝るんだよ？」

『わかりました』

「じゃあ、後はお願い。戸締りも忘れないでね」

『はい。あの……やっぱりパパって呼んだ方が良いですか？』

なんでだよ。

「普通で良いよ」

『そうですか……じゃあ、気を付けてください』

「わかった」

そう答えて通話を切った。

「ふぅ……俺ってお父さんみたいかな？」

「そのものだったにゃ。しっかりものの娘と心配性のパパにゃ」

そうか……まあ、年齢的にはあのくらいの子供がいてもおかしくないからなー。

「ルリって俺のことをどう思ってるかな？」

「んー？　どうとは？」

「いやさ、急にこんなおっさんと住んで嫌じゃないのかなーって思ってさ」

事案ものだし。

「嫌じゃないだろ。懐いているし、楽しそうにゃ。あいつは世話好きだし」

「そっか……たまに不安になるんだよね。女性にも子供にも縁がある人生じゃなかったし」

「大丈夫にゃ。嬉《うれ》しそうに家事をしているにゃ。新婚さんか母親に見えるにゃ」

十歳の嫁もヤバいが、母親はありえんだろ。

「他に表現できない？」

「仕事で忙しいシンパパをかいがいしく世話する娘にゃ」

まあ、それかなー？　もう仕事は忙しくないけど。

俺はうーんと悩みながらも店内に戻り、席につく。

「どうしました？　ダメでしたか？」

すでにケーキを食べ終わった橘《たちばな》さんが聞いてきた。

「いや、大丈夫。賢い子だから」

「確かに頭の良さそうな子ですよね。写真しか見たことないですけど」

まあねー。

「橘さんって弟か妹はいる？」

「可愛《かわい》くない弟がいますね」

可愛くないのか。

「いくつ？」

「中二です」

反抗期かな？　まあ、それだったら可愛くないのかもしれない。

「なるほどねー」

「どうしたんです？」

「いや、俺って一人っ子だったからさ。どう接するのが正解なのかなって」

「別に悩まなくても普通でいいんじゃないです？　このくらいの子なら勝手にやりますよ」

橘さんが自分のスマホを眺めながら言う。多分、前に送った写真を見ているのだろう。

「そんなもん？」

「そんなもんです。まあ、気持ちはわかりますよ。この子、可愛《かわい》いですし、不安になるんでしょう。私もお風呂から上がったらパンイチでうろつく弟じゃなくて、こんな妹が欲しかったなー……ミリアムちゃんとセットでくださいよ」

「あげない。それとさ、たまにルリがテレビで流行りの店のチョコレート特集を見ているんだけど、どう思う？」

「んー？　食べたいんじゃないですかね？」

「そう思って聞くと、いらないって答えるんだよね。チョコはストックがあるからって言ってさ。どう思う？　俺は兄弟姉妹がいなかったし、小さい女の子の考えがわからないんだよね」

彼女もいないし……

「確認ですけど、山田《やまだ》さんの娘さんじゃないんですよね？」

「違うね、親戚《しんせき》の子」

それも違うけど。

「だったら遠慮しているんだと思いますよ。賢い子は私みたいなバカと違って、子供の頃から遠慮を覚えています。ましてや、親戚なら甘えていいのかもわからないんでしょう」

なるほど……やっぱり遠慮しているのか。

「買った方がいいかな?」

「うーん、どうでしょう? その辺りは家や親御さんの方針もありますからね。私は買ってもらったら嬉しいですけど」

「そっかー。ありがとう。参考になったよ」

「いえいえ……テスト終わりのケーキは美味《おい》しいなー」

良かったね。

俺達は一ノ瀬《いちのせ》君のバイトが終わるまで時間を潰《つぶ》すことにし、延々としゃべってくれる橘さんの話を聞きながら待つ。すると、制服姿の一ノ瀬君がやってきた。

「待ってもらって悪いな」

一ノ瀬君がそう言って、橘さんの隣に座る。

「お疲れー」

橘さんがねぎらいながら横にずれた。

「お疲れ様。今から行ってもいいけど、何か食べるかい?」

そう言ってメニューを渡すと、一ノ瀬君が受け取ってメニューを眺め始めた。

「いつもすみません。めっちゃ腹減ったわ」

まあ、高校生はねー。

「好きなものを頼んでいいよ」

「あざっす。ステーキにしよ」

即決の一ノ瀬君はやっぱり肉を頼むことにしたらしく、店員さんを呼ぶ。そして、届いてすぐにステーキを食べだした。

「橘さんはバイトとかしないの？」

「あー……私はバイト禁止です。お小遣いですね」

「そうなんだ。家の方針？」

「まあ……その成績が……」

あっ……

「キョウカ、バカだもんな。頭の良さそうな雰囲気は出すけど、戦い方も脳筋そのもの」

一ノ瀬君がステーキを食べながら笑う。

「ちょっと成績がいいからって……」

橘さんが拗《す》ねるが、ちょっとわからないでもない。この子って美人だし、可愛いんだけど、あの人斬り人格はちょっと獣じみたところがある。

「もう少し、考えた方が良いぞ」

「私は本能に従うの。それで上手《うま》くいく」

明日、後悔するくせに……何となくメニューを取り、デザートのコーナーを開いた。

「おー……誘惑しおる……」

橘さんが恨めしそうに見てくる。

「好きなものを頼んでいいよ。俺、君達のおかげで褒賞金をもらっているし」

そう言って橘さんにメニューを渡した。

「悪魔めー……」

橘さんはそう言いながら呼び出しボタンを押す。

「あれ？」

橘さんが首を傾《かし》げていると、店員さんがやってきた。

「プリンアラモードください……あれれ？」

橘さんは終始、首を傾げながら頼んだプリンアラモードを食べていく。

「おかしいなー……美味しいなー……」

本当に本能に従ってるな。俺はがっついて肉を食べる一ノ瀬君と首を傾げながら笑顔でプリンを食べる橘さんの二人を眺めながらコーヒーを飲んだ。そして、二人が食べ終わると、ファミレスを出て、学校に向かう。学校に着くと、辺りは暗く、校内も灯《あか》りがついていないため、不気味だった。

「昼だと普通なんだけどなー……」

橘さんが校舎を見上げながらポツリとつぶやく。

「なんか怖いね」

「ですよねー」

多分、俺と橘さんの心は一致している。

「俺は気にならない。小学生の時に小学校のトイレで悪魔退治をした時に慣れた。というか、あれ以上はない」

一ノ瀬君、苦労してるなー……それ、泣くやつじゃん。

「まあ、とりあえず、入ってみようか」

俺達は校門を抜け、校舎まで向かった。そして、校舎の前まで来ると、真っ黒な校舎を見上げる。

「夜は怖いなー」

「ですよねー……山田さんは慣れてないでしょうし、一層、怖いでしょうね。手を繋《つな》ぎます？」

怖いのは自分だろうに……

「いや、捕まるからいい」

「気にしますねー。捕まりませんよ。ユウセイ君、手を繋いであげようか？」

俺にフラれた橘さんは一ノ瀬君を見た。

「いや、なんでだよ。手を握ったら動けないだろ。悪魔がいるかもしれないってのに」

「悪魔より幽霊の方が怖くない？」

「お前、それでも退魔師かよ……」

可哀想《かわいそう》な橘さん。

「橘さん、人斬りキョウカちゃんにでもなりなよ。あれなら恐怖心も薄れるでしょ」

「よ、よーし！」

橘さんは刀袋から刀を取り出すと、鞘《さや》から抜き、刃《やいば》をじっと見始めた。

「一ノ瀬君、鍵《かぎ》は？」

橘さんが暗示に入ったので一ノ瀬君に確認する。

「正門を開けてもらっている。山田さん、魔力は感じるか？」

「全然」

「俺も感じない。やはりとり憑《つ》くタイプか？」

一ノ瀬君が考え込み始めた。

「……山田、魔力は感じないが、何かいるぞ」

ミリアムがこそっと教えてくれる。

「何かいるな……」

今度は人斬りキョウカちゃんとなった橘さんがポツリとつぶやいた。

「何かって？　悪魔か？」

一ノ瀬君が眼光鋭い橘さんに聞く。

「多分な。上手く隠しているようだが、私にはわかる」

すごいな、この子。

「……いや、こいつが感知しているのは私のことにゃ。この女、すごいのかすごくないのかわからないにゃ」

すごいんだよ、多分……

「まあ、入ってみよう」

「そうだな……」

俺が促すと、橘さんが校舎を見上げる。

「どうした、キョウカ？」

「どうかしたの？」

橘さんの様子が変だ。

「ふっ……怖いものは怖いな……山田さん、やっぱり手を繋ごう……お願い」

そんな人斬りみたいな目をして、怖いんかい……あと、何故《なぜ》、かっこつける？

俺達は校舎に入ると、電気をつけ、捜索を開始した。電気がつくと、怖さもなくなるかなと思ったが、なまじ明るいから部分的に暗いところが目立ち、余計に怖いような気がする。さらに……

「山田さん、絶対に脅かすなよ。私はそういうのが大嫌いなんだ」

震えながらしがみついている女子高生が怖い。皆さんは役得と思うかもしれませんが、この子は人斬りキョウカちゃんで片手には抜き身の刀を握っています。刺されそうです。首を刈られそうです。実際、何かの恐怖を感じ取ったミリアムは俺の肩から降りて、自分で歩いています。

「魔力を感じないな……」

さらに一ノ瀬君はこの状況をガン無視です。

「橘さん、怖いなら外で待ってても良いよ？」

「何を言うか。この状況で一人になるなんて選択をしたら第一の被害者になってしまうじゃないか」

あー……そうかも。そのパターンだ。

「でも、物語だと女の子は助かるよ」

一人しかいないから自動的にヒロインだ。

「現実の話をするべきだろう」

いや、君が言いだしたんだよ？

「キョウカ、本当に気配があるのか？」

一ノ瀬君が俺達のやり取りをガン無視して、橘《たちばな》さんに聞く。

「あるぞ。間違いなく何かいる。早く出てきてほしい」

「うーん……ここかな」

一ノ瀬君が教室に入ったので俺達も続くが、何もいない。その後も一階、二階と捜索を続けるが、何かが現れることはなかった。ミリアムに確認したいんだが、しがみついている橘さんが邪魔で内緒話ができない。でも、へっぴり腰で震えながら目に涙を浮かべているので離れろとも言いづらい。

「俺達の教室か……」

一ノ瀬君がとある教室の前で立ち止まり、つぶやく。

「一ノ瀬君、ちょっと休憩しようか」

「あー……それもそうだな」

一ノ瀬君は橘さんを見て頷《うなず》くと、教室に入った。俺と橘さんも教室に入ると、一ノ瀬君は自分の席であろう窓際の机につく。

「橘さんの席はどこなの？」

橘さんが指差した机は真ん中にある机だったのでそこまで連れていき、座らせた。

「大丈夫？」

しゃがみ込み、橘さんの顔を覗《のぞ》き込む。

「だ、だ、大丈夫！」

暗示、解けてない？

「ほら、橘さん、刀を見て、暗示をかけて」

そう言って刀を取り、刃を見せる。

「怖くない、怖くない、怖くない」

「そう、怖くないよー」

立ち上がると、教壇まで行き、二人を見る。

「なんか懐かしいなー。学生の頃を思い出す」

二十年近く前のことだ。

「先生にしか見えないぞ」

「そうだな。生徒には見えん」

橘さんが復活したっぽい。

「青春を思い出しても良いじゃないか。こういうことでもないと学校に来ることなんてないし」

「まあ、そうだわなー」

「また連れてきてやろうか？　ふっ……」

「……やっと話せるにゃ。山田《やまだ》、巧妙に魔力を隠しているが、奥の部屋に悪魔がいるにゃ」

肩に登ってきたミリアムがこっそりと教えてくれる。まあ、ミリアムから話を聞くために教壇に立ったのだ。

「この階の奥にある部屋は何？」

ミリアムから悪魔の居場所を聞いた俺は二人に確認することにした。

「奥？　多目的ホールかな？」

「そうだな。あの何に使うのかわからない部屋だろう。行きたいのか？」

多目的ホール、か。

「そこに何かがいる気がする」

そう言うと、二人が多目的ホールがあるであろう方向をじーっと見る。

「本当か？　何も感じないんだが」

一ノ瀬《いちのせ》君が聞いてきた。

「俺も魔力を感じているわけではないよ。勘みたいなもの」

「へー……キョウカみたいなものか？　キョウカ、どうだ？」

一ノ瀬君が今度は橘さんに確認する。

「ふーん……」

橘さんはゆっくりと振り向き、俺をじーっと見てきた。

「どうしたの？　というかさ、もう怖くないの？」

「かなり強い暗示を使ったから怖くなくなった。ただし、解けたらマズい」

大変だな、この子……

「それでどう？　いる？」

「確かに何かいる気がするな。言われて気付いた」

「まあ、橘さんはいっぱいいっぱいだったからね」

それどころじゃなかっただろう。

「それだけかな？　ふふっ、山田さん、前職は何？」

キョウカが不敵に笑いながら聞いてくる。

「サラリーマンだけど？」

「家族に退魔師はいる？」

なんかすごい聞いてくるな。

「祖父《じい》さんが元協会の退魔師だよ。この前、亡くなったんだけどね。実はその際に桐ヶ谷《きりがや》さんがウチに来て、スカウトされたんだよ」

「桐ヶ谷……山田……なるほど」

橘さんがにやーっと笑う。ちょっと怖い。

「本当にどうしたの？」

「いや、気にしなくていい。山田さんは何も気にしなくていい。あなたはただ選べばいい」

選ぶ？

「何を？」

「それはもちろんわた――」

「キョウカ」

一ノ瀬君が橘さんの言葉を遮った。

「何かな？　一ノ瀬のユウセイ君？」

「仕事中だ。奥の多目的ホールに何かいるわけだろ？」

「それもそうだな。では、さっさと片付けてしまうか？　まあ、問題はここまで魔力を隠せる悪魔は雑魚《ざこ》じゃないってことだな」

「そうだな。少なく見積もってもDかCか……」

DとCがどれくらいかわからんな。

「山田さん、どうするかはあなたが決めてくれ。この情報を持って帰るか、このまま行くか。私はあなたに従う」

「まあ、リーダーは山田さんだしな。それでいいんじゃないか？」

橘さんは笑みを浮かべながら俺をじーっと見ている。一ノ瀬君は興味なさそうに耳をほじっている。さて、どうするか？

「一つ聞いてもいいかな？」

「何かな？」

「何だ？」

二人はまったく姿勢も態度も変わらない。

「俺が行かないと言ったら帰るの？」

「もちろんだよ。あなたがリーダーであり、私達はそれを認めている。だからその決定に従う」

「まあ、そうだな」

二人は当然のように頷く。そこに嘘は見えない。

「でも、君ら、一度、帰ってもまた来るでしょ？」

多分、そうだ。

「へー……」

一ノ瀬君が感心する。

「よくわかるね？」

橘さんは笑みを浮かべたままだ。

「まあ、そんな気がするだけ。リーダーの決定に従うんじゃないの？」

「従うとも。だからチームとしては動かない。後は個人の話だね。騙《だま》すような形になるのは承知しているし、悪いとも思う。でも、私の家もユウセイ君の家もメンツというものがあることを理解してほしい。危ないから引き返して他の人に任せますというのはちょっとね……桐ヶ谷さんに何を聞いているかは知らないけど、協会と私達の家はあまり良い関係ではないんだよ」

やっぱり不仲か。それにメンツ……歴史ある家と新興の協会では当然、考え方も違うだろう。

「じゃあ、選択肢はないじゃないか」

「いや、私はあなたがそれでも行くなと言うならそれにも従うよ。ユウセイ君は行くだろうけどね」

「なんで橘さんは行かないの？」

「あなたがそう言うからだよ」

橘さんはまたしてもにやーっと笑う。

「意味がちょっと……」

「まあ、わからなくてもいい。でも、そうなるってことだよ。それで？　どうするの？　私はどっちでも構わない。ユウセイ君もそうだろう？」

「まあなー」

答えは決まっている。

「一ノ瀬君一人に任せるわけにはいかないでしょ」

「かーっこいい。さすがはリーダー」

「あー、言ってみたい……やっぱり俺がリーダーをやるべきだったか」

なんか恥ずかしい。

「やるなら三人が揃《そろ》ってる時でしょ」

「そうだね。うん、そうだ」

「じゃあ、行くか」

二人が自席から立ち上がった。そして、教室を出ると、奥の多目的ホールに向かう。

「橘さん、大丈夫？」

前を普通に歩いている橘さんに声をかけた。

「ああ、もう大丈夫だよ。さっきも言ったけど、かなり強い暗示をかけたからね。多分、解けたら気絶すると思うけど」

「大丈夫なの、それ？」

「怖いよりマシ。実際、私は中学校の修学旅行で行った遊園地のおばけ屋敷で気絶したことがある」

えー……

「あれは笑った」

一ノ瀬君がはははっと笑う。

「まあ、おばけ屋敷は怖いからね。そういうのも青春だよ」

精一杯、フォローする。

「青春か？　青春はもうちょっと甘い方がいいな。本当にそう思うよ……」

橘さんが立ち止まって多目的ホールの扉を見る。

「キョウカ、どうした？」

「どうしたの？」

橘さんはじーっと扉を見ていた。

「さて、運が良かったか、悪かったか……」

「運って？」

「運が良かったのはユウセイ君が死ななかったこと。悪かったのは全員が死ぬ可能性があること」

橘さんがそう言った瞬間、扉の向こうからとてつもない魔力を感じた。

「危険度Bか、Aか……私やユウセイ君では歯が立たないね。でも、まあ、向こうも私達に気付いている。逃がしてはくれないね。どうしよっか？」

橘さんはニヤニヤと笑ったままだ。

「なんで笑ってるの？」

「どうしようもないからだな。そういう時は笑う。やるか、やられるか。ただそれだけ」

かっこいいんだけど、さっきまでへっぴり腰で泣いていたのは君だよね？

「じゃあ、行くよ」

「まあ、そうなるね」

「逃げられないっぽいしな」

扉を開けたのだが、真っ暗で何も見えなかったので灯《あか》りをつける。多目的ホールはかなり広く、さっきの教室三つ分の広さがありそうだ。そんな部屋の真ん中には男が座っていた。

「こんばんは」

男が俺達を見ながら挨拶《あいさつ》をする。

「こんばんは。悪魔さんですか？」

「ええ。そうです。フィルマンと申します」

紳士的だな。

「ネームド、か」

「なんでまた……」

ネームド？

「名前があるとマズいの？」

「上級悪魔だよ」

「滅多にというか、普通は現れない」

そうなんだ……つまりウチのミリアムさんもネームドなわけだ。

「なんで学校にいるんですか？」

再び、フィルマンとかいう悪魔に聞く。

「なんで？　私にもよくわかりません。誰かから呼ばれたと思うんですけど、誰もいないんですよ」

呼ばれた？

「どういうことです？」

「さあ？　わからないのでここで待機することにしました。上等なエサがいっぱいありましたので」

「エサ？」

「人間の子供です。私は人を食べる悪魔なんですよ」

悪い悪魔だ。とんでもないな。

「それはやめてほしいです」

「私に死ねと？　食べないと死んじゃいますよ」

あー……まあ、そうなるな。

「いや、それはちょっとマズいんですよね」

「もちろん承知しています。ですが、恨むならそんな私を呼んだ者を恨みなさい」

フィルマンはそう言うと、立ち上がった。すると、次の瞬間、橘《たちばな》さんと一ノ瀬君が左右から襲い掛かる。

「ほう……魔法使いですか。なるほど、なるほど」

フィルマンは感心してるだけで動こうとしない。橘さんは左から刀を振り下ろし、ユウセイ君は右から掌底をフィルマンに当てようとしていた。だが、フィルマンは橘さんの剣を普通に掴《つか》み、一ノ瀬君の腕も掴む。

「くっ！」

「マジかよ……」

二人の動きが完全に止まった。

「この程度ですか……あ、いや、人間としては素晴らしいです。でも、私は上級悪魔なんですよ」

「っ！」

フィルマンがそう言うと、魔力が爆発した。すると、二人が吹き飛んでいき、壁に激突する。

「痛っ！」

壁に激突した二人はそれでも何とか立ち上がろうとしていた。

「無理に立ち上がってはいけませんよ。肋骨《ろっこつ》が何本か折れてます。内臓を傷つけかねません」

フィルマンが立ち上がろうとしている二人を止める。

「食べるから？」

「もちろんです。鮮度が落ちます」

「それはやめてほしい。二人は仲間なんだ」

「そうですか……でも、そう言われましてもね」

だろうなー。

「ミリアム、俺はこいつに勝てるか？」

「たいした相手じゃないにゃ」

「ん？　猫？」

フィルマンがミリアムに気付いた。

「どうすればいい？」

「冷静に動くにゃ」

「それだけ？」

「それだけで十分にゃ。大魔導士であるお前の敵じゃないにゃ」

え？　そうなの？

「生意気な猫ですね……あれ？　猫ってしゃべりましたっけ？」

「この程度にゃ。私の力も山田《やまだ》の力も見抜けない。でも、確実に仕留めるにゃ」

それはわかっている。この悪魔は理性的だし、対話もできる。だが、残念ながら主食が人間の子供なんだ。やるしかない。

「来ますか……」

フィルマンが構える。俺は喧嘩《けんか》なんかしたことないが、見よう見まねで構えた。

「強くはなさそうですが……ん？」

俺が足に魔力を込めると、フィルマンが俺の足を見る。次の瞬間、一気に踏み込み、フィルマンに向かって殴りかかった。

「え？　ぶっ！」

俺の拳《こぶし》はフィルマンの頬に当たり、フィルマンが数歩下がる。

「なっ⁉　なんだ⁉」

俺はさらに踏み込み、もう一回殴りかかった。

「ぐっ！　み、見えない⁉　何だ、お前は⁉」

「退魔師だ。悪いが祓《はら》わせてもらう」

「ふ、ふざけるな！」

フィルマンが手をかざす。

「火魔法にゃ。水魔法で対抗するにゃ」

「こう？」

俺はミリアムに言われた通りに手をかざすと、ルリに教えてもらった水魔法を使う。すると、ルリの可愛《かわい》いシャワーとは程遠いものすごい量の水が勢いよく噴き出していき、フィルマンの手の前にあったわずかな炎をかき消した。もちろん、フィルマンはずぶ濡《ぬ》れになる。

「なっ⁉　無詠唱でこの威力だと⁉　くっ！　本当に大魔導士か⁉　クソッ！」

あ、この悪魔にも大魔導士認定された。

「山田、あいつ、逃げる気にゃ。絶対に潰《つぶ》せ」

ミリアムにそう言われたので指をフィルマンに向ける。

「――山田⁉　山田！　魔力を落とすにゃ！」

え？

俺は慌てて魔力を弱めようとするが、時すでに遅しで魔法が発動した。

「何ですか？　え？　あ、あっ、熱いっ！　ギャーー‼」

フィルマンはいつぞやも見た火柱に焼かれていく。そして、一向に衰えることがない炎に焼かれると、ついには動かなくなり、そのまま完全に燃え尽きてしまった。

「ディスペル」

ミリアムがそう言うと、火柱が消える。

「お前は二人を見てくるにゃ。私はあれをどうにかする」

燃えて穴が開いちゃっている天井を見上げたミリアムが飛び降りたのでそっちは任せることにし、二人のもとに行く。すると、二人は気を失っており、ぐったりとしていた。

「マズいな……救急車か？　それとも協会？　あ、回復魔法があったわ」

俺は自分以外に使ったことがないが、魔法で回復させることにし、二人に触れる。すると、優しい光が二人を包み込んだ。チラッとミリアムの方を見ると、天井の穴も焼けた跡も残ってない。もっと言えば、濡れていた床も乾いており、ミリアムがこちらに歩いてきていた。

「……ん？　あれ？」

「痛たた……くない？」

二人が目を開けて、起き上がった。

「大丈夫？」

二人に声をかけると、俺を見てくる。

「山田さん？」

「あれ？　あの悪魔はどこです？」

二人が部屋を見渡した。

「悪魔は倒したよ」

「マジ？」

「す、すごいですね……」

どうでもいいけど、橘さんは暗示が解けてるな。

「強かったけど、どうやら魔力がそんなに残ってなかったみたい」

そういうことにしておこう。

「そうか……運が良いやら悪いやら」

「良かったでしょ。それにしても、山田さん、ありがとうございました」

「二人が無事で良かったよ。今日はもう帰ろう。でも、明日、一応、病院には行った方が良いよ。全身を打ったでしょ？」

そんなレベルではなかったけど。

「あー、それもそうか……しかし、もっと派手にダメージがあった気がするんだが」

「だよね？　まあ、無事ならそれでいいけど」

二人はそう言いながら立ち上がった。

「あのさ、火魔法で燃やしちゃったんだけど、討伐した悪魔のランクの証明とかはどうなるの？」

「あー……厳しいな。見た感じ、低く見積もってもBランクだったと思うけど……」

「私達が証言してもいいですけど、どうします？　正直、認められるかは微妙なところですよ？」

新人が高ランクの悪魔を倒しました。でも、証拠はないです。うん、無理だな。

「Dランクくらいなら信じてもらえるかな？」

「そのくらいならまあ……」

「その方が良いかもしれませんね。褒賞金は下がっちゃいますけど」

それでも信じてもらえなくてゼロよりかはいいだろう。

「じゃあ、それで」

「わかった。そういうことで」

「はい」

まあ、仕方がないだろう。今回はイレギュラーすぎたわ。

「帰ろう」

そう言うと、三人で多目的ホールを出て、引き返していった。なお、道中で橘さんが俺にしがみついたまま気絶してしまったので結局、協会の人間を呼ぶことになってしまった。

◆◇◆

謎の上級悪魔を山田さんが倒した翌々日、俺は昼休みに昼食のパンを食べ終え、中庭を歩いていた。すると、前方のベンチにキョウカが腰かけていた。いつもは髪形をポニーテールにしているキョウカだが、今日は朝から下ろしていた。

「キョウカ」

声をかけると、キョウカが俺の方を向き、笑顔になる。

「やっほー、ユウセイ君。病院はどうだった?」

俺達は山田さんに勧められたので昨日、協会が懇意にしている病院に行ってきたのだ。

「何もないな。傷一つない。キョウカは?」

そう聞き返しながら隣に腰かけた。

「あはは。私もないね。昔、ミスって切っちゃった手の傷痕《きずあと》すら消えてたよ」

「すごいな」

「うん……すごい」

二人で空を見上げる。

「親に言ったか?」

「何をー?」

「その顔をやめろ」

「顔？」

キョウカがわざとらしく、指を頬に当てる。

「その張りつかせている笑顔だよ」

「ひどいこと言うね、君」

笑顔だったキョウカが真顔になる。

「本性はそっちだろ」

「君は勘違いをしているね。どっちが本性とかはないよ。どっちも私さ。笑顔を振りまくチャーミングな私も人斬りキョウカちゃんも私。人は皆、二面性を持っているものなんだよ。私はそれを暗示で切り替えているだけ。だって、こっちだとイジメとは言わないけど、嫌われるだろう？」

何気に人斬りキョウカちゃんというフレーズを気に入ってるな……

「あっそ。で？　親には言ったか？」

「どうでもいいんだね……言ったって山田さんのことかい？」

「ああ。もちろんんだ。あの上級悪魔を倒した力、それに何より、回復魔法とやらだ。俺達は確実に肋骨が折れていた。なのにあっという間に治ったぞ。あんなものは知らない」

俺達はあの時、起きていた。ただ、上級悪魔をあんなに簡単に倒してしまった光景があまりにも衝撃だったため、気絶したフリをしていたのだ。

「すごい人……その一言で良いんじゃないか？」

「良くないからだろ」

「ふふっ、その様子だと君は親に言っていないようだね？」

「当たり前だ。言えるかあんなもん」

まず疑われるし、何より、そんな術者を放っておくわけがない。確実に引き入れようとする。だが、山田さんはどう考えてもそれを望んでいない。

「私も言ってないよ。言う気すらない。何故《なぜ》だかわかるかい？」

「お前を使って引き入れようとするからか？」

「正解。ウチは男兄弟しかいないし、一族にも年頃の女性がいなくてね。その役目は私になる」

まあ、家に引き込むのは結婚するのが一番だからな。ウチもそれを選ぶだろう。

「お前はそれが嫌なわけだ。そういう風には見えなかったけどな」

明らかにロックオンしている言動だった。

「ふふっ、タダシさんのお孫さんだったんだねー。道理でって感じだよ。桐ヶ谷《きりがや》さんが取り込もうとしたわけだ」

キョウカが含みを持たせながら笑う。

「取り込む？　どういう意味だ？」

「いや、これはいい。えーっと、私が嫌かどうかだったかな？　嫌だねー。私は私の人生を行くし、伴侶《はんりよ》は自分で見つける。そこに親や一族の意思はいらない。わかるかい？」

「至極、普通のことを言っているな。誰だってそうだろ」

今時、親が決めた相手と結婚するなんてバカげてる。時代錯誤すぎるだろう。

「そう……普通のこと。だから私が自分の意思で山田さんをもらうんだよ。誰にも邪魔させない」

自分で選んだわけね。

「同じことじゃね？」

「結果はそうかもね……でも、過程が違う」

「ちなみに、聞くけど、あの人のどこがいいんだ？　二十歳近くも離れてるぞ」

よく山田《やまだ》さんが言ってるけど、犯罪じゃないか？

「関係ないね。私は本能に従う。だから強い人が好きなんだ。ずっと何かある人だなと思っていたがようやくわかった。ふふっ、大魔導士らしいよ？」

「なーんか、そんなことを言ってたな。あれ？　誰が言ったんだっけ？」

なんか微妙に記憶がぼやけているんだよな。

「そうだね。わからないね。とにかく、ユウセイ君、悪いけど、このことは君のところの親御さんには言わないでくれるかい？　君のお姉さんや従妹《いとこ》ちゃんと争いたくないんでね」

そうなるんだろうか？　あ、でも、あいつら、金持ちが好きだからあり得るかも。山田さん、結構、稼いでるし。

「それはいいけど、あまり変なことをするなよ。山田さんが捕まるところなんか見たくないぞ」

「大丈夫。上手《うま》くやる。ちょっとガードが堅い相手だけどね。でも、絶対に私がもらう。桐ヶ谷にも一ノ瀬《いちのせ》にもやらない。そして、橘《たちばな》にもやらない。山田キョウカって良い名前だと思わないかい？」

婿に入れるのではなく、嫁に行く気か……本当に橘と切り分ける気だ。

「いや、悪い。さすがに橘の方がかっこいい」

「まあ、私も自分で言ってて、平凡になったなと思ったよ」

キョウカが苦笑する。

「キョウカの思惑はわかったわ。俺には関係ない話だ」

「君は男子だからね。でも、協力はしてもらうよ？」

「なんで？」

めんどくさい。

「ひどいことを言う。仲間じゃないか」

「仲間なん？」

「私は放課後、山田さんと会う約束をしていてね」

動くの早いなー。あ、だから髪を下ろしているのか。

「俺、バイト」

「知ってる。それで二ヶ月とは言わずにこれからも一緒にやってほしいと頼むつもりなんだ」

そうなのか……

「俺も今度、会った時に頼むつもりだったわ」

「そうかい？　じゃあ、同じチームの仲間じゃないか」

あー……そうかも。

「山田さんが了承してくれるか？」

実はそこが不安だった。あの人、一人でやりたがっているし。

「そこは私に任せるといいよ」

「何？　女のテクニック？」

「男子はそれしか頭にないの？　普通に真摯《しんし》に頼むだけだよ。山田さんは優しくてジェントルマンだから困っている私の頼みを聞いてくれる」

それ、かなりお前の私情と希望が入ってないか？

「じゃあ、ついでに俺も頼むわ」

「いいよ。仲間だからねー」

キョウカはにやーっと笑う。

「そんな仲間のキョウカにアドバイスだ。その笑い方やめろ。薄気味悪いし、引く」

多分、山田さんも引いている。

「えー、ひどくない？　普通に笑ってるだけじゃん」

キョウカが人斬りキョウカちゃんからいつものキョウカに戻った。

「急に変わるな……」

「とにかく、お願いね。別に変なことは頼まないから」

「はいはい」

めんどくさいと思いながら首を横に振った。

◆◇◆

ユウセイ君がめんどくさそうに首を横に振った。

「ユウセイ君、桐ヶ谷さんは敵だよ」

私はめんどくさそうにしているユウセイ君に告げる。

「まあ、味方ではないと思ってるけど、敵って程か？　一応、同じ協会の仲間だろ」

「本当はね、山田さんは私達と組む予定ではなかったの」

「そうなのか？」

「うん。本当は桐ヶ谷さんと組む予定だった」

これは本当。

「そうなのか？　それなのになんでまた俺らと？」

「私がお祖父《じい》ちゃんに頼んだの」

「は？　マジ？」

「私は初任務の時に山田さんと会っている。その時に山田さんに刀を向けちゃってね」

あれは失敗だった。本当に失敗だった。私は怖かったのだ。あれほど強い人間を見たのは初めてだったから。私より強い人間は大勢いる。でも、あそこまで差があると思ったのは本当に初めてだ。

「聞いたな、それ」

「その時に桐ヶ谷さんもいてね。話を聞きたいって言って本部にまで連れていっちゃった」

現場を新人である私に任せてまで。

「一般人を本部に連れていくか？」

「いかない。だからその時から目を付けていたんだと思う。そして、その時に山田さんがタダシさんのお孫さんだと知った」

絶対にそうだ。

「なるほどな。だから引き入れようとしたわけだ。あの人はタダシさんと組んでたから」

そう、桐ヶ谷さんはタダシさんと組んでいた。それで急激に実力が伸びた。タダシさんはあまり働く人ではなかったが、底が知れない実力の持ち主であることは皆が知っていた。それこそウチやユウセイ君の家みたいな退魔師の家が動いたくらいだ。

「そうだね。桐ヶ谷の家もそうだろうけど、皆がタダシさんを欲しがった。でも、ご高齢の既婚者だったからどうしようもなかった」

さすがにあのお爺《じい》ちゃんと婚姻はできないし、他の手段で引き入れようにもあの人は人付き合いを好む人ではなかった。

「それで今度は山田さんか……」

「そういうこと。私は最初に見た時から強い人だと思った。だからお祖父ちゃんに頼んで私達の指導員にお願いしたの」

ウチの家でもそのくらいのことはできる。

「それで俺もだったのかよ……『なんで俺?』と思ったけど、お前が指名したのか」

「ごめん」

巻き込んじゃった。

「いや、いい。最初はめんどくさいと思ったが、今は組めて良かったと思っている。あの人は天才だ。あそこまで強大な魔力を持っていて、あそこまで魔力をコントロールできるのは本当にすごいと思う。そして何より、それを鼻にかけない。人のことは言えないけど、退魔師も魔法使いもロクな奴《やつ》がいねーだろ」

まあね。そこは同意する。

「山田さんを桐ヶ谷さんに取られちゃダメ」

「お前に頑張ってもらうしかないわ。俺はどうしようもない」

「手伝ってね」

「仲間だからな」

ユウセイ君は良い人だなー。さすがは女子から人気があるだけのことはある。

「では、まず、そんなユウセイ君にミッションです」

「ミッション？　何だ？」

「すごく簡単。『ウチは古い家で一族も多いから苗字で呼ぶのはやめてほしい』って言うだけ」

簡単、簡単。

「………え？　自分が名前で呼んでほしいから？」

「うん。山田さんって一ノ瀬君、橘さんじゃん。他人行儀すぎない？」

まあ、他人なんだけどさ。

「大人だからじゃね？」

「ユウセイ君……私はね、キョウカって呼ばれたいの。わかる？」

わかるよね？

「人斬りキョウカちゃんでいいじゃん」

「あれは良かった。非常に良かった。ドキッとした」

キョウカちゃんだって！

「それでか……あと、急に変わるな」

「いいからそう言いたまえ。そしたら私も『ウチもです！』って言えるじゃないか」

非常に言いやすい。

「別にいいけど、くだらねー」

「これはとても大事だよ？　女子は呼び捨てにされるとドキッとする生き物なんだ」

「キョウカ」

「言い忘れたけど、女子がドキッとするのは意中の相手に限るからね」

ちょっと古いけど、壁ドンとかもそうだ。

「めんどくせ」

「ふん。覚えておけ。こういうことを言う女は絶対に気があるぞ。距離を詰めたがっている」

絶対にそうだ。ソースは私。

「はいはい。今日、会うんだろ？　頼むぞ。そもそも今後もチームを組んでくれるっていうことにならないといけないからな」

「わかっている。そこは抜かりない」

人、人、人。

「人という字を書いて飲み込んでいる奴に期待しないといけないのか？」

うるさいな。多少は緊張するだろ。

「上手くやる」

「頼むわ。俺もバイト終わりに電話してみるから」

「最悪は泣きつけよ？」

「キョウカがやれよ……」

やるつもりだけど？

「あの人は優しいから大丈夫だと思う」

「まあ、なるようになれだ。頑張ってくれ」

ユウセイ君は立ち上がり、教室に戻っていった。そんなユウセイ君を見送ると、空を見上げる。

「ふぅ……」

ユウセイ君、山田さんは君が思うよりずっとすごいよ。そして、恐ろしい存在だ。さらに……

「まさか悪魔を従えているとは……」

何かの魔法で認識を阻害されていたからユウセイ君は気付かなかっただろうが、私にははっきりとあの黒猫の姿が見えていた。しかも、しゃべっていた。ミリアムちゃん……名前があるということはネームドの上級悪魔だ。

「手強いし、怖いねー……でも」

関係ない。山田さんは私がもらう。あれほどの人を誰にも譲る気はない。山田さんはあんなに強いのに優しい。まさしく真の強者であり、大人だ。

私はそろそろ授業が始まるなと思い、暗示を使って、人格を切り替える。そして、トイレに寄り、髪形を入念にチェックすると、教室に戻った。

◆◇◆

俺は橘《たちばな》さんに話があると言われ、例のファミレスにやってきた。すると、すでに橘さんが待っていたのでテーブルに向かう。橘さんはいつもポニーテールなのに今日は髪を下ろしていた。

「やあ、橘さん。ケガがなかったみたいで良かったよ」

そう声をかけながら対面に座った。昨日、病院に行った橘さんと一ノ瀬《いちのせ》君から大丈夫だったという連絡が来ていたのだ。

「あ、はい。おかげさまで助かりました。ありがとうございます」

橘さんが頭を下げたところで店員さんが来たのでドリンクバーを頼む。

「この前のことは気にしなくていいよ。それで話って？」

「あ、その前に何か飲まれます？」

「あー……コーヒーを淹《い》れてくるかな……」

そう言って腰を浮かせる。

「私が淹れてきますよ。ブラックですよね？」

「え？　あ、うん」

「わかりました！」

橘さんはドリンクバーのコーナーに向かった。

「……山田《やまだ》、あの女、メスの匂いをプンプンさせてるぞ」

ミリアムが耳元でこそっとつぶやく。

「……メスって……香水か何か？　年頃の子だし、仕方がないよ」

「いや、そういうのじゃなくて本当に……」

本当に？

「お待たせしました。どうぞ」

橘さんが持ってきたコーヒーを俺の前に置いてくれる。

早いね……

「ありがとう。それで話って？」

「はい。一昨日《おととい》は本当にありがとうございました。それと役に立てなくてごめんなさい。特に私は足を引っ張り、最後には気絶までしてしまって……」

橘さんが落ち込む。

「仕方がないよ。おばけが苦手なわけだし」

俺も得意ではないが、あそこまで動揺している人を見ると、冷静になってしまう。

「本当にすみません。一昨日のことで自分の未熟さを痛感しました」

「本当に気にしなくてもいいよ。そういうこともあるから」

「すみません。それでお願いがあるんです」

お願い？　勉強は見ないぞ。

「お願いって？」

「私達のチームって二ヶ月限りだったじゃないですか？　もし、よろしければ今後もお願いできませんか？　一ノ瀬君もそう言っています」

意外だな……二人の口からその言葉が出るとは思わなかった。

「なんでまた？　君らは経験もあるし、家のこともあるから各自でやると思っていたよ」

一ノ瀬家と橘家の関係性がわからないが、二人が組むとは思っていなかった。一ノ瀬君と橘さんって仲は良いんだけど、どことなく、距離があったし。

「いやー……この期間で自分の未熟さを痛感しまして……特に一昨日は山田さんがいなかったら確実に死んでました」

まあ、確かに単独で向かっていたらフィルマンに食い殺されていたかもしれない。

「他の人とは組まないの？　家の人とか……よくわからないけど、そういう家なんでしょ？」

「ウチの家で協会に所属しているのは私だけです。ユウセイ君の家もユウセイ君だけですね。まあ、協力はしているんですけど、その辺が複雑でして……」

利権かメンツか……まあ、その辺りだろう。

「なるほどねー……」

どうしよ……これは想定外だ。絶対に二ヶ月でお別れだと思っていたんだが……

「ダメ、ですか……？」

橘さんが不安そうな目で見てくる。非常に断りづらい。

「うーん……」

まあ、どうしても一人が良いというわけではないからなー。この数週間だって十分に稼げているし、時間的に余裕もあった。一ノ瀬君も橘さんも問題を起こす子じゃないし、そこも大丈夫だろう。

「迷惑はかけませんから……」

「まあ、そこは心配してないよ。君らは年齢の割にちゃんとしているしね」

俺が高校生の時よりずっと大人だ。

「やっぱり一人がいいですか？」

「そういう家の子である君らに言うと悪いんだけど、俺はそこまで本格的にやるつもりがないんだよね。他にやることがある」

「そこは山田さんのペースで構いません。私達も学校がありますし」

まあ、この子達は学業が第一だわな。高校生だし。うーん、まあ、いっかー……嫌になったらまた考えればいいし。

「いいけどさ、条件がある」

「条件？」

「俺の指示には従ってね？　一昨日みたいに個人で動こうとするのもなし」

単独で動かれて何かあったら嫌すぎる。

「わかりました。ユウセイ君も問題ないと思います」

本当かね？

「じゃあ、それで」

「ありがとうございます！　それで今後はどうします？　また私達で適当な依頼を探しておきましょうか？」

「そうだねー……基本はそれでいいんだけど、ちょっと一ノ瀬君を交えて話し合いをしたい。特に一昨日の悪魔が言っていたことについて」

仕事をする前にまずはそれだ。

「誰かに呼ばれたってやつですか？」

「それ。協会にも報告しないといけないし、その辺りを話そう」

「わかりました。一ノ瀬君に言っておきます。空いている時間を相談して、また連絡しますので」

「お願い」

俺達はその後、他愛《たわい》のない雑談をすると、帰ることにした。席を立ち、会計を終えると店を出る。

「ご馳走様《ちそうさま》でした。それとこれからもよろしくお願いします」

橘さんが恭しく頭を下げた。

「いいよ。それにこちらこそよろしくね。じゃあ」

「はい。また今度……ばいばい」

橘さんはそう言って、手を振ると、歩いていったので俺も家に帰ることにした。

「……山田」

歩いていると、ミリアムが声をかけてくる。

「……どうした？」

「橘だけどな、完全に私が見えているぞ」

「え？　魔法は？」

「効いてないっぽい。何度も目が合ったし、さっきなんか私に向かって手を振っていたにゃ」

マジ？

「どうしよ？」

「まあ、あれは放っておいても大丈夫にゃ」

「そうなの？」

「お前を見る目を見ればわかるにゃ」

わからないんですけど?

「うーん……」

「気にするにゃ。それよりも帰るにゃ」

「まあ、そうだね」

俺達は買い物をし、家に帰ることにする。家に帰り、夕食を食べ終えてまったりと過ごしていると、一ノ瀬君から電話があった。内容は橘さんと同様であり、いいよと言うと、礼を言ってきた。

「ふう……」

一ノ瀬君からの電話を終えると、スマホを置く。

「結局、お二人と仕事を続けるんですね?」

ルリが聞いてくる。

「そうだね。想定外だったけど、まあ、良い子達だから大丈夫でしょ」

「私も三人で行動するのは良いと思います。タツヤさんはお強いですし、ミリアムもいますが、やはり心配ですので」

最近はモニカがいるが、家で一人で待っているルリはそう思うか……

「まあ、上手《うま》くやっていくよ。収入も期待できそうだしね」

しかし、三ヶ月前とは生活ががらりと変わったな。以前は狭いアパートと苦労しかない会社を往復するだけの生活だった。それが今や広い家には可愛《かわい》いルリとミリアムがおり、部屋が明るくなった。仕事の方でもめちゃくちゃ儲《もう》かる退魔師の仕事にも就けたし、開拓村も順調だ。仲間の一ノ瀬君もモニカも真面目で優秀だし、橘さんだって…………面白い子だと思う。明日からも皆で協力し、退魔師の仕事もリンゴ村の運営も頑張って、スローライフを目指したいと思う。

「ルリ、これあげる」

帰りに買ってきたものをルリに渡す。

「何ですか？」

ルリは小さな箱を受け取ると、首を傾《かし》げた。

「いつも家事をしてくれているお礼」

「あ、ありがとうございます……」

ルリは礼を言い、包装紙を解いて、箱を開ける。

「あっ……この前のチョコレート……」

橘さんの話を参考にし、以前、ルリがテレビに釘付《くぎづ》けになっていた流行《はや》りの高級チョコレートを買ってきたのだ。

「美味《おい》しいらしいよ」

「わざわざ買ってきてくれたんですか？」

「ルリ、チョコレートが好きでしょ」

「た、高いですし、悪いですよ……」

「気にしない、気にしない。収入も増えたし、問題ないよ。それにルリの喜ぶ顔が見たいからね」

「ありがとうございます……」

ルリが頬を染めて、俺とチョコを見比べる。

「食べていいよ」

「一緒に食べましょう。お茶を淹れてきます」

ルリはそう言って立ち上がり、嬉《うれ》しそうにキッチンの方に向かった。どうやら橘さんが言うように遠慮していたようだ。

「ミリアム」

「何にゃ？」

「お金を得て、良いものを食べたり、ソシャゲに課金したり、趣味の釣り道具を買ってウハウハだったけど、今が一番嬉しいよ」

「家族が喜ぶ顔が一番にゃ」

家族か……なるほど。祖父《じい》さんが人生が変わると言っていたが、その通りだ。部屋は明るくなり、賑《にぎ》やかになった。お金もだが、本当に人生が変わった。もちろん、良い意味で。

「ミリアム、何か欲しいものはある？」

「削る前の鰹節《かつおぶし》が二、三本」

猫だな……

「買ってあげる」

「にゃー」

ミリアムがすり寄ってきた。実に可愛い。

「タツヤさん、お茶を淹れました！」

テンションマックスのルリが戻ってくる。この子もすごく可愛い。

俺はこの子達のために頑張ろうと思いながら一緒にチョコを食べ、就寝した。そして、翌日の土曜日、この日は何も予定がないので朝から家で魔法の勉強をしていた。

「山田《やまだ》、スマホが光ってるにゃ」

んー？

「あ、橘《たちばな》さんだ」

スマホを手に取ると、橘さんからメッセージが届いていた。

「えーっと？」

【キョウカ：今から家に伺ってもいいですか？】

「うん……」

この子は何を言っているんだろうか？　家に来るとかマジで捕まっちゃうよ、俺……

あとがき

お初の方ははじめまして。そうじゃない方はお世話になっております。出雲大吉です。
この度は本書を手に取って頂き、誠にありがとうございます。
あとがきを見て、短いと思った方も多いと思います。実は本編の方をかなり増量していますので
あとがきを書けるスペースがありません。（笑）
なので大事なことだけを書きます。
本書のイラストレーターを担当してくれたのはゆのひと（@yunohi_to）さんです。同レーベル
の私の作品である『廃嫡王子の華麗なる逃亡劇』に引き続いて、担当してくださいました。キャラ
クターの個性や表情を上手く表現してくださっていますし、魅力的なキャラクターを描いてくださ
いましたのでイラストの方にも注目して頂けると幸いです。（ルリが可愛い！）
そんなゆのひとさんを始め、本書の刊行に携わってくれた人達に感謝致します。
また、ｗｅｂで応援してくれた読者の皆様、そして何より、本書を手に取ってくださった皆様に
御礼を申し上げます。これからもよろしくお願い致します。
本当はもっと書きたいことがあるのですが、上述の事情により、この辺で失礼します。
それではまたどこかでお会いできる日を楽しみにしています。

カドカワBOOKS

35歳独身山田《さいどくしんやまだ》、異世界村《いせかいむら》に理想《りそう》のセカンドハウスを作《つく》りたい
～異世界《いせかい》と現実《げんじつ》のいいとこどりライフ～

2024年11月10日　初版発行

著者／出雲大吉《いずもだいきち》

発行者／山下直久

発行／株式会社KADOKAWA

〒102-8177
東京都千代田区富士見2-13-3
電話／0570-002-301（ナビダイヤル）

編集／カドカワBOOKS編集部

印刷所／大日本印刷

製本所／大日本印刷

Printed in Japan
ISBN 978-4-04-075686-8 C0093